花 已 盡

十 人 小 說 選

黎 漢 傑 編

目 錄

惟得

許定銘

許榮輝

寫小說，說故事

序《花已盡——十人小說選》 / 秀實

　　小說創作是一件奇妙的事。創作時，我常常落入一個文字的空間裡去。這是一個與現實世界不同的空間，但卻又和現實世界有所關連。常聽人說，小說不只是故事。我深有同感。若小說等同「說故事」，小說作者便斷無走進文字空間中的感覺，他只是複述一個他自己相信的世界。

　　我再進一步解釋。故事由若干的情節組合而成。當小說作者在構思情節時，其目的在吸引讀者，刻意製造曲折、矛盾、懸疑、驚奇結局等橋段，便即故事。當小說作者在構思情節時，其目的在人性刻劃、反映時代、探索存在等，便是作為文學品類之一的小說。當然兩者並非截然可分，然孰輕孰重，小說作者必瞭然於心。故事，帶我們抵達文字的彼岸，讓我們知道，故事原來是可以這樣講的。小說，文字能抵達更遠的地方，那是一個所有都真實而我們卻陌生的空間，或是一個所有都虛擬而我們卻熟悉的空間。二者必屬其一。

　　小說作者對其作品的虛構性的取捨，直接涉及寫作時的「敘述策略」。「元小說」（metafiction）便是其中一個明顯而極端的例子：玩弄敘述技巧的目的是為了掩蓋技巧。評論家如華萊士・馬丁（Wallace Martin）在其《當代敘事學》中的解讀是：「現實主義作家鼓勵我們對他們的故事給予信任，而且他們必定會極小心，不讓我們注意到他們那些控制我們反應的企圖。」（頁 221，陶東風譯）榕樹下，說書者會歇力讓圍攏的聽眾相信其所言說的「野史」或「演義」的真實性。這種歇力說服讀者的心態是奇妙的。也是每個小說創作者

的「應有之義」。

　　然而問題不僅於此。在「作者─作品─讀者」的三角關係中。讀者的所據的位置引來的爭議最大。但無論如何，這不能成為一個等邊三角形。所謂「忽略讀者」，只是一種策略性的言說。沒有一件經典會出現在「讀者缺席」的情況下。然所謂讀者，也是一個模糊得很的說法。我堅持的是：小說是為未來的讀者而寫。一個優秀的小說家，斷不能被讀者以直接或間接的手段來干擾。自由意志是作家的瑰寶，作品並非眼前牢籠中的珍禽，而是頭頂上翱翔的蒼鷹。在這個三角形中，作者與讀者間的牽引應最弱，距離應最遠，一切都讓作品來講話。小說的話語權，最終只存留於作品上。但有一種特殊的讀者叫「評論家」，或者小說創作坊的「導師」。他總愛指點作者，說情節應該這樣，結局這樣處理，場景這樣布置，人物這樣出場。端出一大堆道理來。有份量的小說家應該盡量的遠離他們。以長跑為喻，作品領先，作者緊隨其後，幾個評論家亦步亦趨，而大批的讀者在追隨著。這才是健康的三角關係。

　　有一個極端的說法：作家是騙子。這正正是針對小說的虛構性而言。說話的是美國評論家希利斯‧米勒（J.Hillis Miller）：「作家作為騙子，必須採取另一種策略……作為文學基礎的言語行為，利用詞語這種有魔法的力量，讓讀者著迷，使他們相信一個虛構的故事，或至少懸擱自己的懷疑態度。」（見《文學死了嗎》，米勒著，秦立彥譯。桂林：廣西師範大學。2007年。頁161。）這種「騙術」，並不是任

何小說作者都可以做到。其關鍵在語言的施行上。是以，小說重在語言，而輕在故事。

　　某次與詩人路雅談詩，興高彩烈，不覺時間這隻小舟被我們兩人全力牽引，如縴夫般逆流迴溯到遙遠的上游。路雅說，那時我寫詩之餘，忽然迷戀上小說創作，大概是六十年代末至七十年代初罷，到二〇〇六年，三十幾年後才把它們結集出書，那便是收錄在瑋業叢書的《風景習作》。我說，後來我也出版了小說集《某個休士頓女子》（收錄八十年代末九十年代初的作品）。就這樣，詩歌擱淺了，小說登陸。而河水依舊在流逝。路雅是出版人，熱心推動香港本土文學的出版，於是有了出版這本《花已盡——十人小說選》的構想。輾轉縈迴，連同我們兩個糾合了十位小說家來，全書終於定稿。作品之不同，各如其臉。淡妝濃秣，暴烈溫婉，都是一度風光。打開書頁，便如同進入時光的河。我常言，讀者在書齋中閱讀，其實是坐在一條竹筏之上，漂流於彎曲的河道，十個動人的景觀次第出現在讀者的眼前。一次行旅，飽覽十全景觀，這便是花已盡的收穫。板車上佳果纍纍，除了看得到的色彩，也有看得到的甘甜。

　　花季終會過去，不必為落紅遍地而傷懷。迎來的會是一個收成的季節。這本小說集，來的遲了，卻終於來了！

（2021.9.26 午後一時將軍澳天晉匯 subway。）

秀實

作者簡介

秀實，香港作家。長時期在香港圖書館擔任小說創作班導師。曾獲「全國微型小說大賽三等獎」等多個獎項。其微型小說〈兩個女孩〉入選《微型小說鑒賞辭典》（汪曾培主編，上海辭書出版社，二〇〇六年。）及《最好的小小說》（諸家合著本，北京中國華僑出版社，二〇一〇年。）。微型小說〈打錯了〉、〈許願樹〉、〈上簽〉、〈愛上文學家的女孩〉、〈蝴蝶不做夢〉等入選《香港微型小說選》（欽鴻編，江蘇鳳凰出版傳媒集團，二〇〇九年。）著有小說集《某個休斯敦女子》（港版）、《蝴蝶不做夢》（大陸版），評論集《文本透視》（港版）等。並編有《坐井觀星——香港作家短小說選》（港版）《未完成的夢——十二位香港小說家誠意之作》（港版）等小說選本。

班婕妤

在某個不知名的地方上，我惶恐地尋找著那個課堂。那是一個班的學生在等待我講授詩歌創作。那裏不是甚麼學校也不是甚麼社區中心。我不知道，城市的發展會變得這樣。我尋找的那個課堂，緊鄰著一間茶餐廳。而隔著一條通道，我看到一間女性內衣店櫥窗內，紙板模特兒穿著的蕾絲內衣。

那是個嘈吵不已的空間。一排排的窗都沒把百葉簾垂下，雜亂的人影就貼近窗前。但學生們都專心聽課。我用投影片，說詩與我們密不可分的衣食住行。隔鄰的茶餐廳，對面的內衣店，樓上的廉租屋，外邊洶湧的人潮，詩便在其中。寫詩其實不是文字的書寫，我說，是生命的書寫。學生竟無一不明瞭。我看到的，與外面的，都有五官，卻竟是截然不一樣的面孔。

散課的鈴聲響起，四周的商戶絲毫沒有影響。叫賣和議價的女高音，冷氣機和門板開門的機械聲，甬道上人群擦肩而過的摩擦聲。我夾著剩下的講義，隨著人潮魚貫地走在一條僅容得一個人通過的單向小路時。後面有男女嬉戲的聲浪傳來。我回頭，便看見班婕妤。乾淨俐落的站在那裏。她並不是真的古代妃子，而是我對一個女子的暱稱。她的身後是一個男孩在嘻笑著。男孩雙眼很大，笑起來時令我想起一塊濃香的巧克力餅乾。

擺脫男孩，婕妤對我說，我玩海盜船去。

海盜船在搖晃著，幅度愈來愈大。船底下的人潮湧動，男孩已不知給推撞到哪裏去了。整條船都空蕩蕩的，婕妤坐在甲板最前端處。我看到她雙手緊握著欄杆，頭髮飛揚，卻看不到她的容貌。忽而，海盜船停下。婕妤此時站了起來，扶著桅杆沉默不語。我抬頭看著她，這時，我才看到她的容貌。而那條兩旁都是鐵欄杆的小路上，已空無一人。在海盜船往復搖晃十餘匝後，外邊彷彿已是好深的夜。

　　婕妤低著頭，雙眼半瞇著，那是她所能做到最憂鬱的表情了。臉龐的稜角分明，尤其下巴和顴骨部份，我看到那堅定不移的線條。怎麼樣了，我朝婕妤喊。

　　你是知道的，婕妤說。

　　婕妤棄船，走到我身旁，我回望她。她有了笑容。然後她咕嚕咕嚕說了一連串的話。那聲音，好熟悉，我可以不辨內容。

　　我們在那條曲折的通道上，走著。一切的色彩都彷彿消失了，只有婕妤一身典雅的顏色，如我初見她時的樣子。

2016.7.7. 凌晨 2：15，臺北公館修齊會館 525 房間

被窩裏的蛇

　　凌晨二時從浴室出來。我剛用過玉衡送給我的手工皂淋浴。手工皂材料是薰衣草混搭沉香，並且是粗粒子的。

　　睡房只點燃著一盞 LED 枱燈。牀上的被褥捲曲折疊。小方巾、抱枕、書與紙筆等雜物散布牀上。香爐絲絲的白煙滲出沉香。長時期失眠的我，料今夜很快抵達夢鄉。

　　休歇下來，腦裏自然想到玉衡。想到那些親昵的話說和行為。玉衡瘦而均稱，像一株秋日的榆樹，有細碎的葉子，卻也有幼小而綽約的枝幹。我常笑說，漂泊如季候鳥的我，遲暮了，想歇下來。但枝椏如斯單薄，不辛苦你嗎！有一次玉衡帶我到邊城一片小區。那裏有間露天茶座。我們邊喝咖啡邊談小說。馬路外的海灘，水漸後退，終於露出了難看的泥濘。水底與水面，本來就是兩個世界。玉衡說。但我不明白所指。

　　事情總有一個真相，只是我們能否等待。我躺著軟枕，右腿搭在被褥上。我想，玉衡當日這句話，是這個意思吧。有時，我們連幾個小時都等待不了。在這樣的述說裏，時間並不是最重要的。最重要的是，終究會出現甚麼真相。假設，你等不及真相的出現，則當日你會把海面視作你所有的認知。你會說出，「碧海藍天」或「天涯海角」等等的詞彙，而你始終距離真相遙遠。於她而言，在水一方，你好比局外人。

　　而我終究看到真相。但我現時不能述說。因為，我左腳踝處開始感到有東西慢慢鑽進我被窩裏。我猜測，那惟有是玉衡。以前她也曾試過鑽進我的被窩。我聽到她那肌膚與棉被磨擦聲如細碎的落葉聲。然後她爬到我胸口，並把右腳搭在我小腹上。我開始吻她。我們的吻是獨一無二的。因為每次我們都會把對方吻傷。然後，在飄漾的沉香氣味中，我們嗅到那輕微的血腥味。玉衡此時會

說，來吧。

但移動的那東西，皮膚沒玉衡的柔滑。玉衡愛泡浴，常護膚。雖則年過三十五感覺卻如嬰兒。我輕輕吻在她皮膚時，一直沉默無語。玉衡卻總在這時說，用力吻，把我靈魂吸吮出來。我不回話。我覺得愛是一種行為，而非語言。但過程中若有語言，則會比詩歌更具有感染力。晚上在書齋工作時，我對玉衡說過，把你這些話語紀錄下來，便是一篇先鋒詩歌了。玉衡笑不攏嘴。而後來她也寫起詩來。

移動那東西逐漸接近我胸口，我感到緊張。難以想像打破了浪漫會回歸到怎樣的現實！不是玉衡，那夜裏在牀上爬進來的，總不會是一個豐腴美人吧！此刻，我感到翳悶，因為壓在我身上的確是豐腴的沉重。我瞥見窗簾外城市的夜空，光怪陸離。一顆星子熠熠生輝。而整個城都黯淡下來。我想到在玉衡居住的城東村附近海邊，也看過類似如斯閃爍的星子。那次四野無人，我們相擁著抵抗海風。

疑惑中我迅速翻身下牀。在凌亂如波濤的牀上右角，大蟒蛇一截的身軀出現在我眼前。斑紋極其美艷，不同層次的黑色裏，混雜不規則的橙色塊和藍色塊。我沒有慌亂。我想，這是不是玉衡的夢，我終於進入了她那神秘的領域了！

忽爾門鈴急聲驟如雨。我把大門打開。玉衡一襲黑色連身裙上的橙藍色塊狀，出現在我眼前。我拉她進房。狹小的睡房內，大蟒蛇竟消失得無影無蹤。

2017.4.2 凌晨 3：15 於香港婕樓

電話亭

城市面貌的變改，常見的情況叫「舊區重建」。我也寫詩，胸襟裏懷舊的百分比高。重建舊區在推倒故舊中也每有倖存者。街角這個電話亭便是其一。電話亭是一個綠格子玻璃小屋。玻璃片中央厚而四邊薄，打電話的人雖不致易容或變形，路過的人看起來卻是趣味盎然。

因為公司搬了，我每天早晚兩次，都會從電話亭旁邊路過。有時我會幻想，關在裏面打電話的，是一頭長頸鹿。它的頸項從電話亭頂蓋穿越出來，把電話線圈拉的緊綁綁的。有時又會是一隻松鼠。它跳上電話簿上，一邊啃著核桃，一邊喁喁細語，遍地核桃殼子。

而終於在一個春雨迷濛的的晚上，我看到儷洛在裏面。城市的雨，連同濃霧飄浮了一整天。我上班時從地鐵站匆匆穿越新區大廈間的綠化道時，連黃花風鈴木的樹梢都勾上淡淡的煙霞。那些麻雀群和少數的紅耳鵯們，跳躍枝椏間。紅磚地板沾了水光，黏著種籽的顆粒，引來枝頭的食客。這種情味，是古老舊區沒有的。那時凹陷不平的水泥地旁，是各式各樣的舊式商鋪。路邊溝渠堆滿雜物。麻雀群晾在電線杆。

如儷洛這種女子，是適宜出現在新區的。她常披著一道亮麗的色彩。我記得她的嘴角總是撇起，嬌俏而自信。我現在的女友阿丹，嘴巴如那種日本山形縣的櫻桃，接吻時是輕輕的，卻韻味悠長如現在的雨粉。儷洛時尚，難以駕卸，卻又迷人。在拖拖沓沓的時間裏，我們終究分了。分手時，儷洛說，不是為了守候這份情，我知悉我的命，我會選擇單身。而阿丹是屬於舊區的。她瘦如吃剩的魚骨架，胸肋粘附少許肉。但我愛她那種傳統與新派間的擺渡。三、四十歲年齡層的女子，保持舊有抑或接受新潮，往往讓她們舉措失據。我常對她說：

「四十歲前你抱殘守缺，四十歲後你要放開懷抱。否則終生都活在晦暗之中。」

現代化的城市，已經很少人光顧電話亭了。電話亭的存在，恐怕僅僅是為了廣告宣傳。這座綠格子玻璃小屋，在晚間的燈火與雨粉飄舞底下，恍如一座孤單的堡壘。空晃晃的燈色底下，那種城市的孤寂與虛無，填塞的滿滿。所以當我看見儷洛在裏面時，我感到極其意外與詫異。此刻她是一個被關在七彩堡壘內的公主。正和被巫婆構陷的王子偷偷通話。我立在一條燈柱下，看著她。密密麻麻的雨粉層層圍困著我，衣衫與胳膊竄動在四周。大廈夾縫間的天空，如有過多的灰濛濛在鼓脹著。我想趨前向她問好。說：好久了，仍舊一個人嗎！但我壓抑著。我想，讓她成為我感情裏的一座圖騰吧！

五分鐘後，儷洛走出來。她那件米黃色的風衣令我想起蝴蝶來。我抬頭，好像數之不盡的黃蝴蝶飛舞在這個城市的上空裏，比燄火更為璀璨。後來，城市回復了它的平常，行人匆匆，如過江之鯽。

阿丹的電話來了。滴答般的鈴聲。她說，正趕來了。停歇了一會，又說，她家裏今晚有要事，又得趕回去。我在嗯嗯著。前方斑馬線的路口，人潮中我看到阿丹散落著的黑髮，向我漂來。我知道阿丹不會忘記，我喜歡她散落不拘束的頭髮。

每次經過電話亭，我總會停一陣子。好像儷洛會在裏面，守護著她那份永恆的孤寂。而現在我牽著阿丹，走向城的另一端。那裏是一個未曾重建的舊區，仍保有舊式的市集和食肆。時光無疑短促得很，新與舊的交替緩慢。當阿丹回家後，我仍是孤寂的。我會一直惦記著那個古舊的電話亭，因為我也永遠在電話線的另一端。

2017.4.5 凌晨 3：20 於香港婕樓

貓

今天彼德不發一言，躲在書房內。

他把門掩上，只留下一條不足五公分的隙縫來。房間內傳來隱隱約約的聲音。包括兩種不同的聲波。一是間歇的時緊時緩的按鍵盤聲，一是輕輕以日本語對話的男女聲。後者的聲音有時很清晰，以致出現了完整的語句來。

男：會社で殘業だから遲くなる。

（男聲：公司加班，今天我要晚點才能回來！）

女：晚飯を冷藏庫に入れるね。

（女聲：我把煮好的飯放在冰箱內。）

此時大廳的日照已覆蓋到書架旁的牆壁上。灰塵飄揚之中，清楚地看到一隻極細小的飛蟲的飛行軌跡。先在空中轉了兩圈，然後停在牆壁枝丫的條紋上。再朝十點半的方向爬行。身後的綠色沙發上，置放著一隻打開的行李箱。左邊是一堆凌亂的衣物，散發著濃烈的 triumf 彩色增豔洗衣液味。右邊是一些雜物，如剃鬚刨、藥物箱、梳洗用品、拖鞋等等。它們分別散發著不同的氣味，但都夾雜著彼德的體味。當中還有一種雖然淡薄卻難以忘懷的殘留氣味。那是去年三月一個早上，來了一個陌生女子。她笑意盈盈地牽著彼德的手彎。一踏進客廳她便向我奔來，我馬上竄到沙發後。她的外貌已然忘掉但那蜜桃的香水氣味卻一直殘留在我記憶裏。當她探手接近我時，我一邊後退一邊以右臂擋格。為了躲避這種難聞的氣味，後來我爽性鑽到沙發底下，安靜地伏在地上，直至她離去。也因此忽略了一隻伏在鐵架上的蟑螂，以致三日後我才重新找到它出來，並耍玩它至死而止。

房間內男女對話聲歇止，彼德拿著一隻黃色水杯，朝廚房走去。廚房是我最不想去的地方。因為那裏的氣味最混雜最令喉嚨與氣管不舒服。陽臺因為朝向開闊的大街，景況熱鬧空氣流暢，無事時我最愛耽擱在這裏。白天看往來不息的路人與汽車，晚上看燈火閃爍飄搖。彼德回房間時向我瞟了一眼，並發出了類似「抱抱」「打打」的話語。我不懂他的意思，只有仍舊注視著在那個水盆。它注滿了水，當中疊放著兩片青色磚瓦，上面擺著一隻泥色的陶瓷青蛙。我很喜歡，因為那頭青蛙氣定神閒，搖蕩的水面倒映著一小塊城市天空。吃飽了我常愛靜心閱讀著。

閒著無聊我經過房間門口。裏面男女的對話聲已消失，換來是一些簡單的呻吟伊呀之聲。這聲音我聽懂。是叫春的聲音。但沒我們的嘹亮。從隙縫內看，彼德身體陷進大班椅上。雙腿擱在桌面，一動不動的。

我返回沙發躺在行李箱旁。日影已黯淡，整個大廳的光陰在消逝中。我喜愛的夜間即將來臨。那些藏身於暗黑角落的夕類將甦醒過來。我會密切注視著。而彼德，我知道，他或外出用膳，或倒在牀上睡覺。我們同居卻近乎各不相干。

2019.10.19 凌晨 2：00 於香港婗樓

寢 室

清晨推窗，外面這個城市剛剛甦醒過來。

蔡宏裸著的身體在稀薄的朝陽下，呈現出肌理的力量。由此可見他昨晚的睡眠素質很好。簾子掩映下的股溝在這樣的光陰底下，如一個蟠桃的凹陷處彰顯了發芽的欲望。

牀上的被褥捲疊如一塊吃了一半的綠茶卷蛋糕。白色的枕頭便是露出來的奶油般。左上角依然躺著的是黑色的「索尼」。這個時刻它特別安靜。蔡宏回過頭瞄了它三次。它依然是沒色彩，沒光影，形狀模糊的，是一件死物而非靜物。

牀尾的牆壁上那個掛鐘只有 6 與 12 兩個數字。上面鏤刻著一架十八世紀萊特兄弟的飛機圖。時針動也不動的貼在 6 字左邊的弧線上，分針在右邊東北角處，卻蠢蠢欲動。衣櫃的趟門沒關上，露出了一半的空位。兩層的設計，上層吊掛著一排深色的西服，並夾雜了一件桃紅色的女裝連衣裙和一件有玫瑰花瓣的睡衣。衣腳處還有一堆薄紗的衣料。下層堆疊著棉被、夾克、枕頭等，比較凌亂。這些物品上面是一個紫色有蕾絲邊的胸圍。

牀頭小几上非常雜亂，要仔細地看才清楚。約五件物品。A、一個有二根煙頭的煙灰盅，B、一個撕開了口的錫紙套，C、一個倒下來的啤酒罐，D、再一個啤酒罐，立著的，E、一個透明膠盒放著一顆藍色菱形的藥片。最後，我發覺牀右側有兩雙綉上蜜糖熊的布拖鞋。

此時蔡宏轉過身來看著我。我當時仍穿著湖水藍的上班服套裝。踏著布魯士藍的高跟鞋。他祖褐裸裎的身體和我端正整齊的穿戴，形成了強烈的對比。我們同時有了反應。他趕緊跑到牀沿拿起內褲穿上，而我卻急不及待要脫去外套。

然後我們都相視而笑了。

2019.10.26 凌晨 1：50 於香港婕樓

紫色長袖衣

我先描述一下這件衣服：

長袖恤衫。棗紅色。品牌是「UNIQLO」。領後的小布條資料是：XL SIZE. Chest 104-112cm. 100% cotton. made in China. 腰間的小布條寫上：如靠近火源，表面的絨毛可能會著火，請特別注意。墊布熨燙。建議翻面洗滌。深色衣物請勿與其他衣物一同洗滌。請勿在水中長時間浸泡。請勿使用乾燥機。在出汗或被雨淋濕時，會因磨擦而沾色到其他衣物上。敬請注意。

可我先不是在商店的貨架上見到這件衣服，而是在一個夢中。夢是沒有時間的，也就是沒有白天和黑夜。夢裏的事物也是不具邏輯的，也就是事件的發生前後不一定有空間或因果關係。舉例子。早幾個月的某一個晚間，窗外下起滂沱大雨，聲音雜七雜八，讓我反覆難寐。後來我打開了陽臺的燈，在雨聲水光中便模模糊糊的睡了。我做了一個夢。場景出現依次是：海濱一輛行駛中空無一人的公車——然後在繁鬧市集裏的一個摩天輪。那個摩天輪特別的小，像兒童樂園那種——再後是一條暗黑的樓宇甬道中。只有人影沒看到真實的人體來——最後是一個密閉房間的角落，在恍惚的光影裏慌張的瑟縮著。然後我驚醒了。

好了，現在說說，紫色長袖衣是出現在怎樣的一個夢裏！

我到了一個動物園，遇上一隻鹿。牠把手也即右前蹄搭在我肩膊上，碎碎念的一直說著，保護我跨過懸崖。然後我從一張牀上起來。牀褥特別的凌亂。我翻身稍稍把被子平整時，發覺常出現在我夢裏的那個女子竟然窩藏在被子裏。我不肯定那是不是 J。她穿著一件連身裙，朝右側睡著，散落的頭髮就如一雙凌亂的鹿角倒映在河裏。

後來她說已把東西收拾好了。我是出門時在走道旁的一個籃子內看到

那件紫色長袖衣的。籃子如一個建築地盤的那種籮器，大小可以放下一個成年人。紫色長袖衣沒有任何的摺疊，完完全全的攤開覆蓋著下面所有要丟棄的東西之上。以致我沒有關注所有其他要丟棄之物，便出門了。

我要特別說明的是，這個夢與其他所有的夢都一樣，時間地點，人和事都模糊不清，但有一點讓我駭然驚訝的，是在沒有任何色彩的環境裏，籮器上那件長袖衣卻有著大剌剌的紫色。紫在這個夢中是唯一的色彩。

夢是一個人最真實的想法，於潛意識中呈現，許多時連自己也不一定知道。但我仍舊把這個夢說與情人 J。J 斬釘截鐵的說，紫便是你以前的女友。這雖然是直覺，但女生的直覺也是科學，具一定程度的準確。這讓我為之再悚然而驚。我一直認為生命裏的紫色已在春風秋雨中慢慢褪減，而其實不然。

至此，你們會提出質疑，心裏竊竊自喜以為找到茌了。我是如何能夠在夢裏把那件紫色長袖衣鉅細無遺的貨品資料弄清楚？可我並不是胡謅。上星期某天晚飯後我一個人在爆米花商場閒逛。給典雅的 J 買了一件性感的內衣。付過 1222 元後逆著人流穿越那座大型時裝店的彎曲甬道，在時尚秋裝與新貨上市的區間，無意中發現那掛在衣架上的紫色長袖衣。

紫色長袖衣懸掛在一個衣櫃旁的金屬架上，在那一系列相類的長袖衣裏特別耀目。旁邊是一幅大鏡子。我是先看到自己身上那件反覆穿著的灰藍色衛衣上，那頭吃著時光的灰色馬。牠仍是在主人如此頹唐的際遇下低頭吃草。然後我看到那紫色長袖衣上極其細小的方格，如同把時光篩漏，成為那些破碎的往事。但我一直喜歡穿深色的衣裝，拒絕其他色彩。而這件紫色長袖衣卻如一面秋風中的旗幟，倒映在清澈無塵的河面上。

晚上我一個人在書齋內。外面風雨飄搖，世道是愈來愈差了。我認為，

讀書是最好的抵抗方式。記得莎士比亞有一首十四行詩，當中有一句是這樣的：世道滄桑而愛卻恆久不變。想到 J，這個晚上我一宿無夢，一覺醒來窗外竟風光明媚。

2020.3.8 中午香港婕樓

三個 K 的故事

　　一張普通的紙，在 KADE 來看，完全是另一回事。他能把它變為一切可能的事物。因為他是個摺紙專家。

　　一隻紙船，只不過是小學美勞課的作業般簡單。但眼前若是一頭白堊紀暴龍般的繁複精細，那不能不說是一個藝術家的功底。我參觀過 KADE 的摺紙展覽，只能用「匪夷所思」來形容。因為我認為是不可能的，卻是栩栩如生的陳展在玻璃盒子裏的「可能」。和藝術品一起展示的，還有許多本硬皮厚重的外文書，都是與摺紙相關的。可以說，從理論到作品，KADE 都是個年少有為的藝術家。

　　因為這手藝的專精，KADE 吸引了不少異性的眼光。而 KARY 卻獨得他的垂注。KARY 擅辭令，曾是學校辯論隊成員。兩人磨磨蹭蹭地曖昧了一段日子。

　　今年寒風未減，情人節又馬上要降臨在這個城市的七彩櫥窗裏。KARY 說，能給我摺一束玫瑰嗎？此後七個晚上，KADE 把自己關在房間，埋頭在一疊七彩的方格紙堆裏。從花瓣與花托的拼配，枝幹的伸縮到葉片的擺布，KADE 都在細心推敲。情人節當日早上，他把摺好的十一枝紙玫瑰，送給佇候在街角的 KARY。風揚起了她那紫綠圓點的圍巾，他第一次感覺到她那份獨有的飄逸的美。「那是永不凋謝的玫瑰！」KADE 掩不住的興奮。

　　整天他都精神大樂，工作特別地勤快有勁。下班前慣常地他打開「臉書」，卻發覺眼前他的那束紙玫瑰，出現在好友 KENNY 的近況更新裏。那距離下班時間還有十六分鐘。

　　壓在文件底下的電話，響起了悚然的鈴聲！

2015.1.3.

鼠

驚蟄那天，書架背後的牆洞裏，跑出一頭老鼠來。

碩鼠盈呎，灰黑色。日影剛消，牠便把頭從隙縫間伸出，略為猶疑，縱身便沿著牆腳往浴室那裏走去。

詩人毛子水捻亮了桌燈，埋頭在寫作。窗外的東城區整個沉落了，灰黑的雲霧壓著那頑抗的燈海，如一群喧鬧的夜蟲在渡過最後的涼夜。天臺上吊懸著的衣服，在晚風中搖曳。那垂下來的紫色蕾絲睡衣，髣髴昨夜殘留的夢紗。

毛子水的詩便是記述和昕維的這個良宵。他寫下了首句，「飛翔的天鵝穿越了南方溫暖的天空，」電視傳來了臺灣歌手吳淑敏〈傷心海岸線〉的歌聲。他踱步到大廳把電視關掉。

碩鼠在角落找到一片蛋糕屑，靠著燈柱便蹲下來啃著。因為毛子水的步履聲，牠躲到沙發下。那片蛋糕屑碎成了小點，散在暗綠地色磚上。

毛子水有了第二句詩，「今夜猶疑不定的眼神是閃爍的南十字星，」碩鼠從沙發走到對面電視櫃，跳上一疊舊報紙，在繞著圈子。最終再跳上餐桌上。

「仍然溫熱的是妳不寐的靈魂在徘徊，」第三句詩寫出來了。毛子水喝了一口單欉。他瞄了窗外一眼，一隻飛蛾掛在捲起了的竹簾上，如靜候生命最後的裁決。

碩鼠推倒了果盤，一枚臍橙滾落地面，滾到牆角去。牠倉皇地跑進浴室，鑽進了排水口。毛子水伏在案上睡著了。第四句詩只完成了一半：

流浪已久的夢終於晾掛在⋯⋯

　　玳瑁罩的枱燈仍亮著，在整個浩渺無邊的夜空下，如城市裏一隻孤單的流螢。月亮擱在窗櫺，天花傳來喧鬧的吱吱聲，瞬間又沉寂下來。

2012.11.17

龜

今年深秋，暴雨持續了十多天。

羊角村的二十多戶人家，憂心不已。村裏唯一的讀書人雒宇天召集村民在竹棚內開會。說：「今年的雨水特大，村裏的房子都用木搭成，下久了形成洪水，如萬馬千軍洶湧而下，這回恐怕得滅村了！」漫天雨水拍打在竹棚上，在地上積潦成流。男女老少都倉皇失措。「不如撤離吧！」村民雷勝說。

雒宇天指著那個碗型的山崖，「恐怕來不及了！現在腳下都在震動，山上積水恐怕已經形成了！」他環顧村民，扶老攜幼的，「你們今晚做好心理準備！」村民愁眉苦臉陸續散去。

黑夜降臨，暴雨沒止。山間成了水世界。攏聚的木屋內亮起微弱的燈火。村民沉默地吃著這最後的晚餐。漂流的燈火搖晃不已，像末日前的風景。

難熬的黑夜終於消退，轟隆的雨聲歇止了。

村民紛紛走出屋外，安然無恙的不禁歡呼雀躍。歷劫再生，有的更激動地擁抱著，拖著手在雜沓跳躍。山陵泛出了一絲亮麗的湛藍。

「我看著兩個孩子，徹夜不眠，」五十四歲的雷勝左手抱著二毛、右手拖著大毛，說，「原以為以後都不能再見到他們了！」

在村民歡欣激動聲中，雒宇天手推著一架木頭板車過來。木頭板塊上躺著一頭蓄水盆大的烏龜。一下子村民都圍攏起來，指指點點。

「山上來的吧！沒見過這麼大的烏龜啊。」雷勝說。「是神龜庇佑我們羊角村，」雒宇天把聲音提高，「洪水沒來，暴雨也停了。你們看，神龜背殼上的字，寫的是：明萬曆丁亥。」歇了歇，又說，「丁亥是萬曆十五年，西元一五八七年啊！正是海瑞逝世的那一年！」村民面面相覷，嘖嘖稱奇，

但無不露出歡欣的神色！

山陵間的湛藍已泛濫成一塊，掛在東邊天上。

胡燕青

作者簡介

胡燕青，本港基督徒寫作人，畢業於伊利沙伯中學及香港大學文學院。前任香港浸會大學語文中心副教授，設計並教授文學創作科目。曾獲得兩項中文文學創作獎冠軍（詩、散文），兩項基督教湯清文藝獎（優勝獎、卓越成就獎），三部作品入選「中學生好書龍虎榜十大好書」（《好心人》2011、《剪髮》2012、《木芙蓉》2020，三項中文文學雙年獎首獎（詩、少兒文學、散文）。著作超過五十種。2002 年獲香港藝術發展局頒發「藝術成就獎」（文學藝術）。

美 孚 站　C　出 口

　　理論物理學學者陳建言教授的著作，非常親民，完全沒有科學書的難讀難懂，連科普作品都不像，卻類近夢囈、魔幻寫實小說或神話；更有人說它們是哲學著作，甚至都市傳說；但是，他名氣很大，大學以他為榮。一天，他在社交網站上邀請市民與他一起到美孚新邨一個廣場上的小橋那裏做實驗。他邀請的人分為兩組：一組在二十一歲以下，一組大於六十五歲。報名的人太多，要抽籤。那些人都不怎麼認識他，只是網上可加可減的「朋友」或「追蹤者」。

　　他大學裏的助手是物理系四年級學生張意梅——小梅。她二十二歲，是個老老實實的學生，勤勞謹慎，能吃苦。教授的書，都是她編輯的。她和這一次自願參與的十個幸運市民來到美孚新邨的萬事達廣場。從地鐵站 C 出口走到地面，大家先看見的是一雙大砲。往廣場裏走不遠，果然有一座裝飾的石橋架在小小的方形水池上。那道橋的旁邊盡是水泥地，橋的存在，純粹為了讓人注目於那個水池；或說，發現那是個有水的方池子。其實，沒有街坊會走那道橋，因為那麼一走就得先上坡再下坡，平白費勁了。誰會這樣？「只有貪新鮮的小孩子會走上去。」小梅說。

　　小梅的一句話，讓陳教授感到莫名的高興。他摸摸自己疏落的鬍子，皺起眉頭。這使他瘦削的臉龐更顯精靈，他眼睛裏閃著亮光，一點都不像六十幾歲的中年大叔。他快步登上了只有幾尺高的小橋，抬頭到處張望。廣場是街道形的，兩邊都是十九層高的住宅大廈，色彩豐富柔和。廣場上的樹木長至七、八樓的高度。樹高而橋短，看起來頗為滑稽。陳教授說：「小梅，站上來。」他高聲叫道。小梅萬分不情願：「甚麼嘛，教授，我就住在這屋苑裏，小時候走過千萬遍了。你也來過幾次啦。」

　　志願參與者中有一位七十來歲的男人對著她笑說：「我也是街坊，我住在四期那邊。」又說：「如果路途遠，即使有工資我也不會來。」他指出：「看，這廣場的兩邊都是銀行，中國的、美國的、新加坡的、本港的……走得進這廣場的人都知道怎樣賺錢。」

　　一個年輕的參與者問：「這一次不是有錢收的嗎？」

　　「對，」小梅說：「那是車馬費。每人有二百元。即使只是車馬費，各位答應必全力以赴。」

　　「不知是否很難做？」有人問。那是另一位老人家。另一位年輕人說：「不如開始吧。」

　　「好。」教授走到十人中間，把五個六十五歲以上的人帶到橋的一邊。小梅則把年輕人留在另一邊。他們分別和身邊的五個人說話。

　　小梅對年輕人說的內容大致是：「研究的範圍是這樣的。我們想知道，要是你把這道橋看成你的將來，用你心靈的眼睛搜索一下。你可以想像橋上的每一平方公分都可以無限放大、延長，好種下你的每一夢想。五分鐘後，請你說說你『看』到甚麼。即使是最荒誕的夢想都可以說。最後，你要說說你對這道橋的『長度』有何感受。請勿介意，你必須講出來，我會錄影、錄音……」她笑容可掬，說話夾雜些英語，表達時有點搞笑、也有點行貨，但亦充滿青春氣息，年輕人都喜歡她。

　　陳教授呢？他對六十五以上的人說的也差不多。只是，他把「夢想」改為「有過的夢想」，或者「回憶」。而橋的長度，大家也可以形容一下。那些大叔阿嬸在他的誘導下，很快就講出大量心聲。

　　「那條橋真的很短。」一位打扮入時、眼線畫到髮線的大媽說：「眨眼

就過去了。幾十年了，想起來就像昨日。第一次扒艇仔拍拖，第一次做伴娘、然後做新娘，第一次去巴黎買東西，真的就像昨日。阿女也大學畢業了，嫁人了。回頭看，日子過得真快，全部的事好像都發生於昨日。如果可以再來一次，我一定會像周星馳那樣扮慢動作走路，使這道橋變長。」她似乎找不到比「昨日」更好的描述。陳教授豎起大拇指讚她講得好。她抹去閃閃發亮的淚水，大家就拍手。

「我也有那種感覺。一九七八年，我第一次穿三點式泳衣，羞得不敢見人。在沙灘的更衣室裏躲了很久，直到男朋友在外面大聲叫我我才披上一條大毛巾走出去。那泳衣還是豹皮圖案的呢。回到家裏，我用雞皮紙把泳衣包成長方形，放在教科書堆中扮一本書，瞞著阿媽，直到我出嫁。眨眼就幾十年了，我媽作古了。這條橋如果叫做人生，那真是很短、很短；如今，我『心抱』穿三點式是必然的，但我總看不順眼。她的腿很肥。」另一位大嬸說。她拿出紙巾，更慷慨地把紙巾撕開兩份，一份分給了先前的那一位女士。

男士比較含蓄。第一位說的是「我首次抱兒子時怕他會掉在地上，緊張得差點把他擠壓死了。如今他已經做父親了，不過他一家在加拿大，疫情停不住，我連如今歲半的孫兒都未見過。我老婆則被困在那邊，卻天天抱怨帶孩子辛苦。其實不知誰辛苦。唉，日子難過天天過。至於這條橋，一下子就走完了。這叫做一寸光陰一寸金，寸金難買寸光陰。」陳教授聽到這裏，心裏就輕視他，一面笑一面想：「這橋和此諺語有甚麼關係？『日子難過』這句話要刪掉……」他用力點頭，因為所有人都在點頭。

至於那邊，小梅只收集到比較零碎的資料。「將來？不知會怎樣。日子很難過。小時候沒有這種感覺。如今，過得一年就一年啦。如果我有錢，第

一件事就是要買個鋪位開咖啡店。」這是一個女孩子說的。女孩很有文青感，厚劉海非常地齊，一字形吊在前額中間，手上拿著一本文字書。等他們到齊時，她在看書。小梅特別厭惡這種女孩，但是她也和教授一樣微笑著。

「咦？這個我也想過呢。我還會在店子裏養貓。起碼養幾隻，客人會喜歡的，尤其是英短。但也要養些家貓，這樣，才會顯出善心。我還會做個書架，放些潮書。」一個男孩低頭小聲回應她。小梅知道，他們後來拍拖了。

「哼，老實說，世界上哪有這麼多喝咖啡的人？還有人對貓毛敏感。」慘，遭第三個人澆冷水了。反對的男孩繼續說：「一杯咖啡賣得多少錢？這種夢做一輩子都只會是夢。我是實幹型。我學畫，教畫，一小時收一百五十元，每小時同時教三至五個退休阿婆。將來我要有自己的畫室，咖啡免費供應。」

小梅別過頭去，很尷尬，不知該怎樣調解。此時，另一個女孩說：「我的夢想是做第一流的芭蕾舞舞蹈員。我一有錢，就會開始學。現在正在找工作，唉，真是前路慢慢。」小梅知道，教授出書時，必須注意「前路慢慢」應改作「前路漫漫」，漫，音蠻。

「是嗎？那麼加油啊。」未曾做聲的另一女孩說。「我的夢想是嫁人，嫁個高富帥，住獨立樓房，天臺種仙人掌，養柴犬。我不飲咖啡。『買非佛』是 Earl Grey。」

小梅的嘴唇微微一動，沒說話。她跟著教授做這個實驗第五次了，這些年輕人說的大致相同，沒有新意。她在第三次之後她已經對教授說過：「都是開咖啡店，或花店，或文具店。千篇一律。」

誰料教授的答案讓她更驚奇：「不千篇一律才麻煩呢。」

　　幾個星期後，陳教授出版了他的新書。在書裏，陳教授寫道：「重複研究發現，92.8% 的人都認為一秒鐘、一分鐘的長度是客觀的。最近連續五次的『美孚實驗』（註 102）告訴我們，其實不然。把時間放在未來的、想像的框架內量度，時間會相對較長，而且其長度是因人而異的；置放於已經過去的、記憶的框架內量度，就會變短，相對來說，其變短的程度在不同的人當中（男、女）大致相似。當我們撇除大概 33% 的主觀因素的必然干擾之後再試圖觀察時間的體量和素質，發現時間在『過去』變短的客觀性是可觀的，變長的客觀性則相對較弱。這說明了一個讓人非常驚奇的事實，人生會把不同的人的經歷過程打磨成類近的或因此更真實的長度。75% 六十五歲以上的人在科學家的誘導之下回望過去之時，都會覺得時間快得像只過了一天，因為他們大多會用『昨天』來形容幾十年已過的時光。真實的昨天，查實只不過是一天（24 小時），假如這些人五歲時已經開始儲存所度過的每一天的記憶（無論在意識層面還是在潛意識層面而其腦部沒有經歷過損傷而失憶），那麼他們其實選擇了這樣描述已經過去的時間：『昨天』。客觀地說，他們的『誇張』程度十分相似，意味著其描述的真實性。一天就是他們六十年有記憶歲月的 365.25 X 60 分之一。我們甚至可以下這樣的初步結論：六十五歲以上的人對時間的觀感，一般被壓縮成 1/21915。另一方面，非常諷刺地，87.3% 的年輕人會覺得將來很長，長得幾乎甚麼都放得進去。你若問他們是否覺得自己會很長壽，他們中間有 52% 會說估計自己大概只會活到四十歲。32% 說自己或會活過五十，餘下的相信自己可能有超過六十歲的壽命。他們想像中的這麼短的壽命（香港人平均壽數男 82.2、女 88.1 歲）（註 103）竟然可以放得下如此多的夢想。這就是時間膨脹和收縮的證據……」然後，那

些受訪的人的姓名、性別、年齡、工作、婚姻狀態、教育程度和所說的話的一部分（包括三點式泳衣那一段），都如數列出。教授只刪除了不合用的小部分。

新書出版後仍得為陳教授做第四版校對的小梅嘀咕著：「在講甚麼嘛！都是胡說的。我不幹了。」她伏倒在桌子上，頭枕著書，不久就睡著了，夢裏，她又出糧了。這一次，她夢見自己已經存夠了錢去美國讀博士，但在紐約的咖啡店遇上槍擊案──並且給一隻惡貓咬死了。她驚醒過來，決定不辭職。此時，陳教授正在大學的陳大文影音支援中心室裏抬起頭來，讓一位女同事（中心的助理副主任）給他畫眉。他覺得脖子很累，但一切都是值得的。他是最近很紅的 KOL，馬上要製作新一期的油管節目。鏡頭一晃，「美孚實驗」的片首音樂開始了⋯⋯

鏡頭對準了美孚站 C 出口。那兒有兩支微翹向天的大砲，雖然不大，但非常有氣勢。而在真實的美孚新邨，一個小男孩正大聲叫：「媽咪！」萬事達廣場上即時有五個女人反應地回過頭來。但她們都弄錯了。他的媽咪原來已經走進了地鐵，回首見孩子仍坐在其中一根大砲上，就說：「你在幹甚麼啊？還不快下來！」

細太婆的壽衣
—— 翠華給英傑的信

英傑：

　　估計你起飛之前，不會讀到我這封信，因為我把它放在那一支新牙膏的盒子裏，用一個膠袋把你洗臉的小毛巾包裹在一起了。相信你在飛行中第一次刷牙時才會發現。午夜起飛，大嶼山一帶的海上都是金色的魚燈；機鐵如未停駛，就會慢慢交叉移動，像幾條發光的藍色海鰻在黑夜裏游泳，每一次看見我都覺得心痛，因為那實在太美了。你也必然非常喜歡香港的這一沿，但想到這可能是最後一次相見，即使是你，也必熱淚盈眶吧。英傑，我想像你坐在靠窗的位子，扣上安全帶，自己已忍不住哭了。

　　你怪我不肯跟你移民，也不肯先結婚，其實，我真的做不到。而你卻是那麼篤定、那麼去意已決。你一家都是早就有了居英權的，你從小就往來英國，大學也在那邊讀，自然比我能夠適應。不過，你和我都知道這不是最深層的原因。真正的原因是你對香港的政局已經完全失去信心，而我則全無這種不安。或者該說，我基本上對全世界的政府都沒有多大信心，而且那不是一成不變的，人生苦短、人會犯罪，而天災人禍、領袖更替、制度改換等事都在我的預算之內。這麼看來，把自己從出生地連根拔起是沒有必要的。

　　你也不要以為你那一次出軌傷害我到一個地步、我拿此來報復。那時我確實很傷心，我從沒有想過你會背叛我，和那個漂亮的美國交換生在一起。我開始有點心淡，但完全沒有報復的意圖，請相信我。你沒有叫那個女孩和你一同去英國定居，反而多次和我商量，我受傷程度已經減到最小了。至於你起飛之前的那幾天我突然「失蹤」，也不是因為要躲避你，期

間更沒有發生你所質問的那種事。沒有,我沒有交上另一個男朋友。我朋友叫做陸志明,是個旅行團領隊,我小學同學。他是有妻子的,還有可愛的女兒。我只是請他幫忙。

我沒把那三天的行程告訴你,是不想你知道我去了你最恨的大陸。你會生氣的。你是在清遠出生的,我反而生於香港。這幾年,你和我的政見漸漸背道而行。不,這麼說也不大正確,因為我一直是沒有甚麼政見的。我只有信仰和情懷。在學校的基督徒團契遇上你的時候,我以為你也一樣,心裏只有上帝;聖經告訴我們,我們期待的國在天上,不在地上。但是,說到底,你對地上的事情仍很在意。這十年來,你和校牧都有了以前不曾有過的仇恨和恐懼,說明這些感覺是漸漸發展出來的,原因複雜。你們的改變,我難以理解。我是個「小心眼」的人,只看得見生命的細節,和每一個細節當中的對與錯。人生非常精緻,不可以「買大細」,把愛或恨完全撥歸一方,這不是我的看法和習慣。我怕將來我們上超級市場時會為一罐午餐肉的出產地爭論,或因為一本書的簡字體而吵架。

那幾天,我其實去了連南。連南和我有何關係?我是要讓陸志明帶我去尋找那個叫做瑤寨的地方。那不難,因為瑤寨是國家四星級景點。正值那幾天他代公司帶團上去,瑤寨是行程之一。我母親的細嬤嬤(我叫她細太婆)原是瑤族女子,真名字我記不起來了。她是我太公的小妾。二十年代中期出生。她小時候一次偶然跟著堂叔出寨,就給人拐走了,從此就一直無法回到瑤寨去。三十年代中,她只有十一歲,就被賣入了妓寨。我太公那時有點錢,就把她贖了,教她識字,給她起名叫做瑤珠,留她在家服侍我的太婆。後來細太婆香港身份證上寫的是「姚珠」。到打仗了,她跟

著我太公太婆逃難到香港，豈料一家人還是得經歷那可怕的三年零八個月，錢幾乎用光了。太婆生我外公時難產過世，她就服侍我太公，直到他也走了。到我出生，細太婆（姚珠）已經七八十歲，但身體還可以，於是親自帶我、餵我，接送上學下課，直到我上中學。

　　細太婆如今住在安老院，我每一兩個星期就去看望她。我愛她。請不要怪我一直沒帶你去，因為她已經忘記了我是誰，認識你也沒有意思。幸好她仍很健談。有好幾次，她對我描述瑤族的服飾，說那是非常非常漂亮的。我向她傳耶穌，她信完又信，其實不知道有沒有信，弄得我哭笑不得。一次，她竟然叫我做「太太」（「太太」即是我大太婆）。她從牀上爬下來向我跪下，差點把我嚇死了。我扶住她站起來後，她仍哀哭著央求我，說要找一件瑤寨已嫁婦人的衣裙和頭飾，讓她穿上。我估計她的意思是她知道自己快要死了，但死也要死在自己族人的服飾裏，且要和太公有個夫妻名份。我當時也哭得厲害，不住點頭，承諾了。結果，我只好讓陸志明帶我去找。

　　旅遊車沿路上山的時候，我們看見很多樣子相似的玫瑰紅牆身新房子。我正想問陸志明，他就拿起咪來介紹。他說，這裏住的，都是瑤族，他們都不住在瑤寨了。瑤寨已經成了景區，老屋子大都變了文物。政府安排瑤民住到山下農田旁邊，方便他們耕種。他們也有不用工作的，因為本來的地賣了很多錢，如今都只打麻將。我看著那些單調的房子，和清一色的黃槐樹，以及那些晾在屋外的新潮衣褲和紅領巾，心裏感到一種文化上的失落。不知道我是否能夠找得到細太婆所說的嫁了的女人的衣裙。陸志明說：「不用擔心，我去給你處理。」我說：「要有點舊的，不可太新。」他點點頭。

　　到我終於在小雨裡走上了瑤寨，我呆住了。那些已經發黑的石牆，屋頂上或繁或簡的、金屬打造出來的家族標誌，那些長霉的小巷子裏自生自滅的鮮黃色瓜花和綿長的瓜藤，都使我驚豔。住在這裏真好。到處走的公雞母雞帶著小雞驕傲地踏出每一步，好像牠們才是主人似的。還有在紅心的洛神花旁邊小跑而過的馬兒，怎麼都不肯往山下走，估計牠原先是住在寨裏的。戴著發亮竹帽的九十歲老婆婆仍未搬走，年輕人已經在窄窄斜斜的主街上開了搖滾樂小酒吧。我冒著雨，幾乎看見前面的那個少女的臉了。她就是我十一歲的細太婆嗎？我頂著芝麻小雨向山頂走，那兒有一座建築，竟然供奉著盤古呢。我一直相信聖經創世記中所錄的巨人存在過（他們是會拿人當食物的），想起來，或者他們也在中國出現過呢！無論哪一種文化，都有邪惡的一面，但是，面對自己認同的歷史時，人只會記得它的好。

　　扯得太遠了。英傑，我們總是帶著祖先的影兒生活的。可是，大家都不自覺。有一天誰自覺了，就說明這個誰已經和自己的根柢吵翻了、或剝離了；那種痛，是不能用歲月來緩解的。此刻和你分手，我確實很辛苦，很捨不得，但那會結疤、康復，有一天甚至連疤痕都完全消失。但是，我離不開香港的天空和天天說著的粵語，離不開奶茶和鴛鴦，離不開自家廚房做不出來的、帶芝麻味的奶醬多。我會記得你的。願你生活愉快，直到我們見面。（但其實，我想說，英傑，你是隨時可以回來的。）我相信，香港不會丟失你。你最好的年華，就是我和你一同長高、手腳一起變長的日子，必定一直留在我們團契聚會的活動室裏；母校的陳列櫃內，還必定有你和你的兄弟一同贏回來的獎杯。

　　提醒你，到了巴芙，怎麼都要去認識一下珍·奧斯丁。你在那兒定居，

至少要看幾套電影（我估計你是不會看文字版的《傲慢與偏見》的了），認識一下她是誰。你知道嗎？她的樣子，已經給印在英鎊的鈔票上。單單迷戀某個足球隊，是沒法讓你成為真英國人的。

　　祝

一切順利

　　　　　　　　　　　　　　　　　　　　　　翠華

　　　　　　　　　　　　　　　　二〇一九年十月三十日

練習

　　她和他讀初中時，是沒有手提電話的年代，網絡是有的，普通人卻聞所未聞。那一天，在游泳池外，她等了他四十五分鐘。泳池外面是一片迷綠草地，陽光閃閃，真實而虛假。因為九月仍很熱，她在室外站著，她的校服開始給汗水浸透；人生第一次，她不停思考「值得不值得」和「算不算沒禮貌」等問題。沒有風的下午，鳥叫更清晰，她甚至聽得見時間在蒸發。

　　那天上午小息時，她偶聞他們四個男孩說放學後去公園練習游泳。學校沒有泳池，而水運會在三週後要舉行了。她本也天天帶了泳衣，想練習，但苦於沒有同伴，一個人不敢去。泳池在偏遠的小山上的公園裏，巴士不到；坐的士的話，費用沒有人分擔會很貴。於是她大著膽子說：「我可以一起去嗎？」他們聽了很詫異，那時代，和女孩子一同去游泳是不尋常的。當然，她特別想和他們一起去，是因為這幫男孩子裏面有她喜歡的他。

　　就這樣，他們在泳池裏玩了很久。那個人游得不怎麼好。她很在意他。他在水裏顯得笨拙，就像所有其他幾個人那樣笨拙，但為甚麼他的笨拙特別叫她難堪呢？即使是最好的泳手也要經過這個階段啊。自己不也是才剛剛脫離這種掙扎似的動作、成為略微好一點的泳手嗎？她這樣調校著的思想，竟忘記了自己正用憂愁而尷尬的眼睛注視著他。沒有了眼鏡的掩護，她的目光一定穿透了他剛從水裏冒出來的臉。她的睫毛上佈滿了小水點，頭髮濕濕的沒有泳帽，小辮子好像兩條煮熟了的菜。站在池邊水裏的她看著他笑，眉頭卻是皺著的，她小小的瘦削的肩頭因有水而發亮，又因笑而顫抖。他咬咬牙，鑽進水裏，大力用腿蹬池邊，繼續他水裏緩慢的進程。他知道她很能游，本來就不該讓她加入這次練習活動。他渾身發燙，潛進

深水中，心裏有誓報此仇的激動，但這種激動給強烈的撥水動作消化了。

她能感受到他的不悅。此時她唯一可以做的是加緊練習，她要讓他知道她只是來練習的，動機純粹。兩三轉後，她回到了池邊，這一次是他站著看著她從水裏冒出頭來。他注意到她在喘氣，心裏竟有「抵死」的喜孜孜的感覺，也有點滴憐惜。於是他對幾個在旁的男同學說：「練夠了，我們走吧。」她和大家一同點了頭。然後，男女分別走進男、女更衣室。

分岔路就是從這裏開始的。她很快就沖了水，洗了頭，穿回校服。她怕他比她快離開，那時就再沒有話可以說了。他們五個人唯一的錯，是在游泳之後、回到更衣室之前，沒人說過要不要等所有人出來才一同離開、還是各自回家。這是全部人的疏忽，但是，事情的效應可能只出現在兩個人身上。

此刻站在泳池外，她非常肯定他仍未出來。這是必經之路，她一定會看見他。於是她開始等待。到他們來了，她就會上前和他們一道走，彷彿遇上，這樣就可以恢復幾個人在泳池以外的友善關係了。但時間一分一秒地過去，他們都沒出來。二十分鐘溜走，其中一人出來了！但那不是他。他垂頭急急走著。她上前去打招呼，問：「他們還在裏面嗎？」那人說：「我不知道呀，我得先走，因為有作業未完成，明天交，拯溺會也有工作……」於是她點點頭，和他拜拜，自己一人繼續等。她心裏想，他們怎麼不是一起行動的呢？這不是很奇怪嗎？如果是幾個女孩子，絕對不會一個一個分開走的。七八分鐘又過去了。另外兩個男孩出來。她又和他們打招呼。他們驚奇地說：「嘩，你還在？幹甚麼？」她說謊：「沒事，我也是剛出來的。」一個男孩說：「我媽媽今天上夜班，我得回家做飯，否則弟妹告狀

就大件事了。」另一個說：「我沒事，但我也得走了。」二人同行，有說有笑。她追上去問：「裏面還有人嗎？」他們答：「有呀，尚有好多人。」他們明顯不明白她的問題。她不好意思再問，只好又點頭揮手。

天色未暗，但日頭偏斜了。她站在那裏，腿很酸。她盤算著是否該等下去。等，可以解釋為禮貌或巧合。等到了，就可以跟他和好，也可以一同走下斜坡聊幾句。他梳洗既然那麼慢，她也有權是這麼慢的呀。

如果她不等，那是因為已經等夠了，天氣很熱，游泳後站了這麼久十分辛苦。不禮貌也說不上，因為大家根本沒約定要等到對方出來。而且，他值得她等嗎？等了，會不會過分表達？明天在實驗室裏說兩句話，不就沒事了嗎？她應該不等的。她很清楚了：不等！

可是，不等的話，過去大半個小時的等待，不是白白浪費了嗎？那就連埋怨兩句的機會也沒有了！而且，她就不信等不到他出來。他總不會在裏面過夜的。

十分鐘後，他真的出來了！匆匆忙忙的。她跑前去截住他，忽然氣上心頭，忍不住高聲說：「剛才沒說明等不等，於是我等你等了好久！你真姿整，枉為男孩子！」她潑辣地說了這些話，馬上就陷進了這話的內容和態度。她信以為真，竟然覺得自己真的很潑辣，而且正在生氣。她說了再見，就快步離開了公園，這是一個野蠻的女孩該有的動作。

那一刻，他非常驚愕，眼睛瞪得老大，頭髮仍濕濕的滴出水來，眼鏡滑得須用手托住。他也動氣了：「我又沒有叫你等！我們一向都是自己回家的。」他把其他好友都扯下水了。當然，他很清楚，自己是故意待這麼久才出來的。但是，他發現她在等他，這個發現非同小可。平生第一次讓

女孩等了，而且等了這麼久，這是多麼榮幸又多麼使人毛骨悚然的事！畢竟，他還在介意游泳游不過她的事實啊。他決定，水運會一定要游得好，這才可以為是次的「練習」正名。這是他對自己的交代，或者說，對這大半個在更衣室裏胡思亂想的小時的懺悔。

從此，她不再喜歡他了，每次想念他，就故意去記憶他游泳時難看的姿勢。他不再喜歡她了，每次看見她，就故意去想她罵他時無理的態度。說到底，即使在實驗室裏碰面，也不過是一次未十分成功的嘗試罷了。

某夜

　　李老太爺吃過晚飯，就坐在只有兩人空位的沙發椅上睡著了。兒媳洗碗、兒子和孫兒去買水果和薯片啤酒時，他感到一陣短短的不適，幾分鐘後就辭世了，沒有多大痛苦。李老太爺生於戊辰年，肖龍。活著時最後的意識告訴他，原來生肖並沒有甚麼和真相聯繫的象徵意義。

　　他的兒子李先生今年六十五歲，是他唯一的兒子。李先生如今要為老父辦喪事了，他不傷心，卻很煩惱，因為他不知該怎麼辦。他沒想到這時刻這麼快就來了。老人的遺體像一個人看電視看得太累在閉目養神。但那沒有完全閉合的、近年變小了很多的眼睛翻起了睫毛線下的粘膜，在燈光裡給人一種濕濕的感覺，沒有人敢說那不是淚。

　　兒媳是最後一代叫做阿珍的讀書人，平日只用英文名字 Jane。她知道要打電話叫救護車來把老人運去醫院，這才是正路。她也並不傷心，卻有點緊張，以致染過的頭髮垂到額頭上，像一種致意方式。

　　老人的孫兒今年三十七，個子很高，滿臉不散的暗瘡。他不喜歡接近爺爺，覺得老人身上有一陣難聞的氣味。救護車來了，救護員把老人的遺體當活人那樣抬走，拿氧氣罩套在他口鼻上。李先生倉皇地回頭一看，就跟著救護車去了醫院，並沒有說甚麼。家裏突然少了一半人，餘下的母子二人覺得要找點話說。李太太道：「阿爺終於等不及你結婚。」兒子回答：「我是不會結婚的。連同居都沒錢。幾時會散掉也不知。」當下他從冰箱拿出一個杧果來吃。「你猜英國有沒有杧果吃？咦，怎麼還未熟的？」

　　他母親回頭一看：「杧果哪會放冰箱的呢？你阿爺說過不要吃杧果，濕毒。」

　　「媽咪你不是說讀過大學的嗎？杧果是冤枉的，其實是水果裏的優秀

分子。早兩年已經平反了。阿爺前幾天對我說，他原是旗人，姓氏有四個字。你信不信他？」

「不信。他還說來港後改姓李，是因為李也是王族——唐代的王族。簡直胡說八道。」

兒子把杧果隨手放桌子上，他母親抓起來放進米缸裏。兒子說：「你不信，可以問你老公。」說完又道：「我只知道我的護照上寫明我姓李，我將來去英國定居，也照樣姓李，英國人也有 Lee 一姓。」他說罷就坐在剛才老爺子坐的沙發上繼續他的電話手遊。「阿爺有一陣味。王族住公屋？太好笑。」

「兒子，你不知道這在香港已經是大福分了嗎？」

「媽你知道阿爺有遺產嗎？」兒子試探著問。

「如果真的是王族，該有點吧？你真沒本心！阿爺走了不夠半句鐘，你就問這個。」

「阿爺九十幾歲，是笑喪啦。我只不過效率高一點。我去他的牀位看看。」二人緩緩走到一張雙層牀的下鋪，翻開枕頭找。一陣酸餿的味道撲面而來，兒子打了個噴嚏。母親說，那個枕頭套也該扔了吧？不知多少日子沒洗過了。」

「不是你負責洗的嗎？」

「他不肯的。他自己用手洗。早上洗，臨睡就乾了。但很久才做一次。」

兒子聞言飛快脫去枕頭套。脫下了，發現另外有一個枕頭套。那是非常舊款的花枕套。上面粗糙地用衣車「繡」上了幾朵花。「嘩，娘到爆。」

母親趕來一看：「也頗美啊，只是舊了點。脫下來讓我看看還可不可

用。」

兒子又脫下那枕套。脫了，裏面還有一個。那是繡了一對鴛鴦的。「幹甚麼嘛？包著些甚麼呢？」他拿來剪子就要剪下去，李太太趕來一手按住，用剪子的尖尖兒挑走了那些縫著枕袋的棉線。她有時可以很細緻。第三個枕袋拆開之後，是幾條老式毛巾摺好疊在一起。他的枕頭根本不是枕頭。

李先生回來了。看見他們母子在拆開枕袋，非常反感，大聲罵他們不孝。

「哈，你敢說你自己孝順阿爺？」兒子冷笑道，又打了個噴嚏。李太太說：「去吃一顆敏感藥吧。」

李先生說：「阿爸死了，醫生證實了。……怎麼樣？有沒有遺囑？」他把頭伸過來，一副不大在乎的樣子。

李太太翻開了那一疊毛巾，真的很大疊。她一片一片地打開來，最後發現了一個膠袋，裏面平放著一張紙。一家人親密地把頭顧聚在一起，看見上面寫著一所安老院的電話和地址。還有一句話：「我走後，要幫我繼續交費。陳方珠，十九號牀」他們面面相覷，驚訝得說不出話來。

李太太忽然有所領悟，說：「說不定你也有一個陳方珠呢！」夫妻一人一句就吵起來。兒子瞟了他們一眼，繼續翻動阿爺枕邊的東西。李先生掙脫了老婆的手，走過來指著他說：「不用找了，他的提款卡在我這裏，我試過很多密碼，都試不出來。」

兒子哼的一聲走開了：「不知是誰不孝。」

「辦喪事不用錢嗎？」李先生咆哮起來。兒子走向米缸，把杧果又挖了出來，動手去皮，卻要和未熟的杧果較勁。他對著這個優秀的水果吐出了一句粗口。

　　本來是夫婦吵架，如今變成父子冷戰。只聽見李太太說：「陳方珠到底是誰呢？我明天去看看。」父子兩人一同叫起來：「不要去！」李先生說：「你想養她一輩子嗎？」兒子說：「就是！千萬不要露臉。」他們的意見難得又一致了。

　　三人靜了下來。電視已經開始播放午夜一點重播的肥皂劇。兒子走回沙發，本想坐下去，卻又輕輕站了起來，好像有點不敢的樣子。窗外吹來一陣強風，簾子揮動，翻倒了櫃子上的一張家庭照。

惟　得

作者簡介

惟得，散文及小說作者，也從事翻譯，現居加拿大。一九七〇年代開始創作小說，多刊於《大拇指週報》，並任該刊書話版編輯。一九八〇年代初為《香港時報》及《號外》撰寫專欄，一九八四年赴美求學，畢業於加州柏克萊大學，一九九〇年代重新寫作，文稿散見《明報》、《信報》、《蘋果日報》和香港電影資料館叢書，近年著作多發表於《香港文學》、《城市文藝》、《大頭菜文藝月刊》及《別字網志》，小說〈十八相送〉收錄於《香港短篇小說選二〇〇六—二〇〇七》（二〇一三年），小說〈長壽麪之味〉收錄於《香港短篇小說選二〇一三—二〇一四》（二〇一八年），著有短篇小說集《請坐》（二〇一四年，素葉出版社）、《亦婉蜒》（二〇一八年，初文出版社）；散文集《字的華爾滋》（二〇一六年，練習文化實驗室）、《路從書上起》（二〇二〇年，初文出版社）、《或序或散成圖》（二〇二〇年，初文出版社）；電影散文集《戲謔麥加芬》（二〇一七年，文化工房）。

停電

大哥壓根兒也不知道家裏停電，吃過晚飯後，他照例孵在牀上，掛著耳筒，陶醉在 ipod 的旋律中，（ipod 起碼可以下載一千多首歌，彷彿唱也唱不完，在未有激光唱片和智能手機的年代，就只好靠電唱機娛樂，就算歌曲早已播完，也不要緊，反正電唱機是自動的），含含糊糊的竟又睡熟了，是一陣很大的聲響教他完全清醒過來。歌曲早已播完，他並不在意，四周很暗，他以為已是深夜，望向對面的大廈，卻又燈火通明，有點奇怪，卻未加深究。其實他坐起來，便可以看到壁鐘，他沒有這樣做，時間對他並不重要，倒是房間出奇的燠熱，濕度在頸項擴散，漸漸佔領汗衫，黏在身上，十分難受，原來電風扇也停了，他暗罵一聲，勉力從牀上爬起來，才發現毛病出在機件本身，但額上不斷流出的汗又令他無心細看，想起客廳的冷氣機，忙不迭把雙腳伸到地上，一隻拖鞋又不知去向，伸手按向開關，連燈泡也不聽使喚，他這才意識到，屋內有點不妥，猛力拉開房門，外面，一場爭執正迎著他。

「我有甚麼錯？」漆黑的客廳裏，就著茶几上的一根短燭，父親揚起聲音說話，父親平時很少這樣失態，今晚份外激動，彷彿在黑暗中可以隨意釋放心中的桎梏，真的，他覺得自己並沒有錯，不過差遣小兒子到街上買煙，誰會料到停電，老妻卻向自己埋怨，難道讓兒女為自己做點小事也算犯了瀰天大罪？她也不想想兒女多麼叛逆，比如今晚，小兒子正在房裏砌樂高，（在未發明樂高的年代，他就只好砌積木了），他拿著買煙的錢進去，小兒子就避到洗手間，走投無路時又說怕隔壁的狗，直到他答應，買完煙的找錢全歸小兒子所有，還陪他去搭電梯，小兒子才勉強就範，想不到一把年紀還要看兒女的面色，愈想愈氣憤，怨氣隨著熱氣不斷上升，抖動著汗衫，也難以控

制，加上沒有香煙提神，精神有點恍惚，不斷地打呵欠，又唇乾舌結，實在不願多話，衝著老妻的嘴臉就冒出一句：「你真蠻不講理！」

「甚麼？居然罵我？你也不想想自己，好端端的又指使小弟出去買煙，好了，現在停電，小弟不知所蹤，你還心安理得，告訴你，小弟才八歲，萬一有甚麼三長兩短，我才不放過你。你在想辦法？你會想到甚麼？我不過到隔壁走了一趟，家裏便發生這麼多事，你就想把我煩死，其實，少吸一口煙還不是對你有益，你又不是沒有聽過，吸煙會引致肺癌，嘿！那可不是風涼話，何況，你省下買煙的錢，遲些時起碼可以為我添置一部洗衣機，隔壁的陳先生，連洗碗碟機也買給太太，你就不會為我設想一下，你們全是涼血的，小弟不見了，老大還去睡覺，怎麼？捨得出來了嗎？還以為你要躺在夢中做人？甚麼？電筒？不就在房裏第二格抽屜？這點小事還要我服侍？小妹呢？你就只會整天對著手機雞啄不斷，（就算未發明手機，也可以用電話。）早知這樣，索性不買給你，還哭？難道我冤枉了你？」

妹妹不敢聲張，躲在大廳暗處，兀自嗚咽，並非受了委屈，她在恐懼，明天上體育課時，因為自己沒有穿上一條整潔的白褲，老師會罰留堂，她知道白褲就躺在一堆未燙的衣物內，飯後她只顧著講電話，忘記對母親說，現在卻不敢說，說了也沒有用，已經停電了，母親反為加倍責備自己，放著重要的事情不顧，整天只會和同學在手機中搬弄是非，甚至把手機沒收，剝削了自己的生活情趣，不！妹妹不敢聲張。

大哥也不敢招惹母親，拿了電筒，趕忙逃回房裏，原來拖鞋就在牀的另一邊，黑暗中，自己幾乎盲了，在電筒的照射下，他還看到地上有張教砌樂高的圖樣，知道是弟弟的，也拾起來，放在弟弟牀上。圖樣是弟弟最

寶貝的，平時他總愛把圖樣攤在跟前，依著它的指示來砌，有一次弟弟把圖樣遺失了，足足哭了好半天，以後就只會呆呆地對著樂高，變不出任何花樣，直到母親從衣櫃底把圖樣掃出來，弟弟才恢復以前的熱忱。失去圖樣的一段時期，弟弟就算堆起樂高，也頹然把它們拆掉，活像此刻鼓噪著的母親，因為發覺生活上驟然的欠缺，而手足無措，他知道自己也應該去找尋弟弟，卻總是提不起勁，終於等到母親走進來，他才懶洋洋地提著電筒出去。

梯間很暗，大哥拿著電筒，仍得小心摸索，起初他數著梯級，以為心裏有數，便可放膽地走，誰知轉彎後，樓梯平白少了一級，他踏了個空，登時摔倒，幸虧電筒沒有跌壞，買蠟燭的幾個硬幣卻丟了，他又得四下尋找。再不敢依著慣性行事，步步為營，彷彿走了一個世紀，才到了樓下。電梯口，弟弟站在那裏，抽噎著，看見他，再不肯放過，緊抓著他的臂膀，直到雜貨店前。店內人頭湧湧，大哥囑咐弟弟在門口小候，弟弟寧死不從，只好把他也帶進去。連蠟燭也漲了價，大概老闆知道附近停電，乘機就地起價，大哥有些不服氣，但看看後面蠢蠢欲動的群眾，想到家裏惟一的短燭快要燒完，只好任由宰割。上樓時大哥本來不為意，弟弟卻警告他提防惡犬，他心內頓時蒙上一層陰影，大哥並不怕狗，但在這個悶熱的黑夜，誰知犬隻會否獸性大發？心內愈怕，偏偏碰上，大哥忽然踢到一樣東西，一聲響後，弟弟首先大叫，大哥幾乎把電筒拋掉，細心一照，原來是一個鐵罐。

他們住在九樓，不算太高，大概平時缺少運動，回家後大哥差點喘不過氣，攤在牀上十多分鐘，又覺得熱，摸黑在浴室洗了個冷水澡，換了背

心，重新回房，習慣地按動電風扇，才記得停了電，躺在牀上，不能成寐，無聊地看看枱上的錶，剛過了九時，儘管仍然可以繼續聽 ipod，身上的背心已經滲滿了汗，脫掉一扭，居然擰出水來，反正烏燈黑火無人理會，懶得再套上身，懸在牀沿，任它風乾。然而，下半晚如何打發？只好走出大廳，心理上感覺稍為涼快。大廳中，父親接過香煙，連忙拆開，忙亂了好一會，才發覺家人都以一種奇怪的眼光望著自己，好像把他當作癮君子，母親看見弟弟回來，雀躍了好一會，只是屋內仍熱，葵扇撥出來的風又弱，弟弟老是黏在自己身邊，她感到混身不舒服，「你自己就去玩玩吧！」「我怕！」不止弟弟害怕，妹妹也有點心怯，剛才還捧著手機入房向同學訴苦，不一會又氣急敗壞地走出來，她看見房裏有一個黑影，一家五口就散坐在大廳內，氣氛出奇的冷，大哥有點吃驚，彼此之間原來如此隔膜，難得聚在一起，竟然無話可說。平時這個時候，大家同看電視劇倒還不太顯眼，今晚卻份外突兀，他們就這樣，你望我，我望你，望向窗口望向牆，又不約而同的望向電視機，熒光幕一片空白，他們也不把視線移開，好像要看出一個奇跡，奇跡果然出現了，熒光幕忽然閃了一下，畫面隨著重新出現，電光管眨了兩下，又大放光明，冷氣機也繼續工作，大哥回房把脫掉的背心重新披回身上，弟妹歡呼起來，父母示意他們肅靜，電視正在播映一幕公堂鬧劇，兩兄弟爭家產吵個不休，烏龍知縣打了一會瞌睡，便胡亂抓起驚堂木，假作威風的拍著說：「你們這班胡塗虫，都給我跪下！

原刊於《星島日報》，日期不詳

收錄於短篇小說集《亦蜿蜒》，香港：初文出版社，二〇一七年

咳嗽

短促而持續的數聲響，這樣撕心裂肺，彷彿熔岩本來在地底流動，黏膜條忽受到刺激，地層的橫隔膜迅速收縮，把岩漿往外推，火山口隨即開啟，先讓熱空氣奔竄出去，流離浪蕩。網吧剩餘的幾個人無處可去，瑟縮在這幽閉的洞穴，縱是日間，也像遊魂野鬼。本來迷頭迷腦在互聯網上漫遊，突覺地動山搖，有若撥亂時間鬧鐘錯響，剎那間都驚醒過來。他坐在肇事人的斜對面，首當其衝，一張瘦長的馬臉像暴露在屋外的窗玻璃，被點點驟雨打濕，身無長物，固然沒有遮擋的傘，更沒有即時解困的工具。鬆軟的背囊像癩皮狗蜷伏在腳下，將斷的黑肩帶還需要用藍膠紙銜接，當然不會盛載散發香氣的紙巾，勉強遞高烏黑揉皺的衣袖，在臉上抹一抹，雙眼幾乎噴火，悻悻然說：「仁兄，咳嗽時請掩嘴。」

「離天百丈遠，又關你事？」肇事人的家族裏，隨地吐痰是與生俱來的習慣，咳嗽打噴嚏時要掩嘴簡直不可思議，肇事人懷疑坐在斜對面的他有非同小可的潔癖。

「口涎會乘搭噴射機，降落在別人五官的國際機場。」社交場合基本的禮儀，父母雙亡之後，從小姊姊就對他教導，這個老粗還在狡辯，他覺得委屈。

「神經病，你想惹事生非？」肇事人顯然教而不善，而且惱羞成怒。

「我不過想提醒你對別人起碼的尊重。」他不甘示弱。

「老頭子也管不著，我要你教？」到底一把年紀，被人教訓，很不服氣，肇事人霍地站起來，捲起衣袖，像要噴出龍的氣焰。肇事人有山東好漢的魁梧，一隻手臂足有他兩條腿那麼粗壯，卻會驚天動地咳嗽，也不知道可是紙紮老虎，然而自己不爭氣，剛戒了毒，狀態欠佳，不是比試的時候。他低下

頭，不再發表意見。

「甚麼事？甚麼事？」社區中心的保安人員聽見吵鬧，進來查探，社區中心的用戶三教九流，籠裏雞作反，最令他們頭痛。有了保安人員當後盾，他明目張膽地訴說事情的始末，並且親身示範，朝著保安人員的面乾咳數聲。

「夠了！夠了！」保安人員連忙用手阻擋，到來社區中心工作，最理想是從上班坐到下班，知道只是痴人說夢，就抱著得過且過的態度。瞥見肇事人依然一副挑釁的模樣，息事寧人地說：「給人噴幾滴口水花也不會致命的，網吧裏有這麼多副電腦，為甚麼你一定要選擇與他面對面？」

陽光從接近天花板的窗櫺漏下來，潑辣地濺到網吧左邊一列電腦，儘管已是黃昏，依然發揮迴光返照的力量，電腦眨眼間都被吞噬，一個網民用手擋在眼前搭起一個涼棚，彷彿駕著微塵引頸翹望虛空。

「兩人別再生事，不然就要請君出甕。」家中本來也有平板電腦，只是姊夫長期霸佔，沒有他的份兒，康復期間，他努力順應主流，來到社區中心報名上電腦課，餘暇每天練習書寫履歷和求職信，嘗試在網上找工作，社區中心就是家以外的家，國有國法，家有家規，保安人員在白恤衫黑西褲外套上蛋黃的背心，帶有阿波羅神的威儀，他沒有再聲張，撿起背囊，移到陽光猛烈的一邊。

在保安人員面前肇事人不敢放肆，網吧的用戶愈走愈少，幾乎成了無人地帶，肇事人倒膽壯起來，不止咳嗽時不掩嘴，臨走前，還繞道他身後，俯首在他後腦，故意乾咳數聲，他把頭垂得更低，差點要把背囊當龜殼縮進去。心撲通撲通地跳，祈望不會再生事，網吧走剩他一個人，依然再蹉跎個多小時，才敢起來，惟恐肇事人等在社區中心外面伏擊。

　　大堂裏，保安人員抱著胳膊，與一個流浪漢模樣的人閒談，流浪漢說得高興，張開失掉門牙的嘴，縱聲狂笑，登時水花四濺，保安人員找個藉口迴避，背轉身，迅即從口袋掏出紙巾拭臉，還到牆邊的消毒器擠一點淨手液。保安人員離去，他也來到牆邊，請求消毒器施捨幾滴甘露，抹手抹臉。

　　從社區中心出來，陽光已經收斂，犬吠嚇得眉月躲進雲梢，全靠微弱的街燈引路，接近馬路一邊的泥土栽有日本雪鈴樹，另一邊養著灌木叢，中間依然騰出平坦的柏油路，讓他大踏步回家，可惜一雙鞋踭都已磨蝕，行走起來像乘坐輕舟在風浪中顛簸，就靠肩上的背囊保持平衡。冷不提防踢著一個空罐，哐啷哐啷像滾軸向前輪轉，他慌忙趕過去，一腳鎮住，環顧左右，彷彿幹了虧心事。

　　開門進屋，姊姊在客廳看電視，平板電腦放在姊夫膝上。姊姊探頭出來問：「吃過東西了嗎？廚房的平底鍋留有肉醬意粉，要不要我替你加熱？」

　　「他有手有腳，又要你來操心？」姊夫的目光掃過來像燒紅的鐵，語氣有點像社區中心的肇事人，輕蔑原來可以傳染，他迴避著望向地板。

　　「不用了，我已用過晚膳，謝謝！」房間才是個大龜殼，躲進裏面最安全。

　　可能因為肚餓，整晚睡得不好，總被亂夢纏繞，迷糊間只覺得無數蟲豸在臉上攀爬，需要經常用手指抓癢，醒來時日上三竿，姊姊姊夫早已上班，他睡眼惺忪踱步走進浴室，刷牙漱口，用毛巾擦臉時覺得有點異樣，對鏡自照，起初還以為鏡子久未抹抹，班點都映照到自己面上，用手撫摸，睡意全消，臉孔闢出鞋抽形的花圃，開滿一朵朵雛菊。

原刊於《香港文學》總第三九五期，二〇一七年十一月號，略有增刪

毛姑姑

　　人與人的交往，第一印象帶有決定生死的權威，就像坐在攝影機前強裝一個笑臉，無論心裏多麼愁苦，滿腦子穿插多少歪主意，都不能泄漏。找工作的面試、嫁娶前的相親，第一印象都是開路先鋒，笑裏當然可以藏刀，貨不對辦也是常有的事。結果製造多少怨偶，卻已昂然進入另一階段。

　　毛姑姑給安老院工作人員第一印象就是霸道，以後就死心塌地認定她不是善類，說來冤枉，沒錯，每天早晨抵步，從房間裏推出坐輪椅的親屬，解開從快餐店買來的麥香雞和熱奶茶，毛姑姑一屁股坐到雕花鋼牀旁靠背與扶手連成一片的太師椅，似乎認定這就是她的寶座，然而，她起碼有另一張臉孔，對人就很熱忱，電梯門打開，吐出一批又一批的訪客，她的臉上總是綻放花樣的笑容，每日上午院長到來巡視，也是奉人派送一朵早晨，毛姑姑生就一張圓月臉，院長的容貌也是豐腴飽滿，護理員別轉背便揶揄毛姑姑是院長夫人。

　　毛姑姑的親屬懂得自己進食，毛姑姑坐在太師椅上，說是服侍，也不過是趁廚房大娘用餐車推出爛飯稀粥，上前索取一碗飯一碗湯的舉手之勞，別小覷她身裁臃腫，身手倒也敏捷，監察親屬像試味般每樣吃過，毛姑姑也就功德圓滿，走到站站的時刻，毛姑姑就和旁邊到來飼伺的訪客搭訕，婦女間也很快混熟，這天才點頭自我介紹，過兩天已經推心置腹，幾乎要把家中廚櫃收藏的物事都用言語傾覆出來。人際關係卻有千般姿態，毛姑姑與親屬卻從來沒有一句話語，揭開蓋後的紙杯噴出迷迭香的煙霧，毛姑姑迷迷惘惘地為親屬掛上圍嘴，進食時經常遞送紙巾，已是仁至義盡，都在沉默中進行。午膳過後，親屬呆坐在輪椅，默默盯著眼前流動的人事，毛姑姑索性翻開剛才從街頭接來的免費報紙，也不用帶老花眼鏡，仔細閱讀，過了響午，護理

員到來把親屬推回房裏，毛姑姑也引身而退，日程卻未結束，下午四時，是安老院晚膳的時間，毛姑姑重新現身，帶來剛買的快餐，重複早晨的儀式。傍晚老人家陸續回房休息，毛姑姑又離去，這一次就沒有再重來。

　　閒極無聊，流言固然像蚊蠅般肆意飛舞，工作忙碌，蜚短流長也可以是一種調劑，讓繃緊的神經得到舒放。黃昏的時候，老人家都被照顧周到，上牀就寢，安老院的護士長和護理員坐到長沙發吐一口氣，特別喜歡說東家長西家短，算是分享訪客送來的糖果餅乾。這天護士長提供新發現，毛姑姑與老婦人原來沒有親屬關係，前幾年老婦人的家屬用時局動蕩做藉口，紛紛逃避到加拿大，老婦人不懂英語，恐怕人地生疏更是寂寞，寧願孤身流在香港。然而體力日漸衰退，只好面對現實，任人像貨物寄倉般送來安老院，老婦人的兒女在加拿大都有要職，不能經常回港探望，剛巧毛姑姑是老婦人長女的老友，毅然挑起照顧老人家的重擔，毛姑姑不是醫師，無能恢復老婦人的體力，起碼可以運送食糧，既然兩人沒有血緣關係，年齡差距又大，碰在一起沒有話說，也是等閒的事。護士長的眼鏡總是滑到鼻梁，兩隻暴露在空氣中的眼睛似乎探入顯微鏡片，自認明察秋毫，把世事看得玲瓏剔透。別說流言沒有影響力，當時可能沒有在幾名護理員心中留下顯影，下一天毛姑姑到來，大家都覺得她的笑容份外燦爛，坐到窗前的太師椅，和几上的搪瓷肥佛公剛好配成一雙，肥佛公祖胸突肚眉開眼笑，一付舒泰的模樣。毛姑姑縱是緊包密裹也是身體圓潤，偶然一陣風吹過，她打了一個噴嚏，只證明她是肉身菩薩，迎著投射進來的太陽，黑髮彷彿套了一圈光環，毛姑姑穿著的還是那件黑毛衣，上面的珠片繡成一朵朵金花，這天在光線掩映下特別閃閃生輝。

　　既然流言善於調整衣冠，也可以改頭換面。過不了幾天，毛姑姑的戲劇

又有新版本。訪客與護理員閒談，透露近日在附近一間茶樓，無意中偷聽到毛姑姑與人討價還價，她每日的拜訪原來有錢銀交易成份。在幾名男女茶客面前，毛姑姑先是抱怨物價飛漲，只是快餐店的麥香雞已經自高聲價，半年內調整價錢兩次，家居粉嶺，安老院遙遙在西區，每天到來，先乘東鐵線到紅磡，再轉隧道巴士，最近車費也有增加，為了應付安老院早上十時的午膳時間，她大清早便要起牀，抵達安老院，消磨到下午四時，又汲汲皇皇趕回家燒飯給放工回家的丈夫吃，勞苦之外，別人從未誇讚功高，毛姑姑說著掏出紙巾印一印眼角，聲音也愈來愈沙啞，彷彿在舞臺上排演一齣家庭倫理大悲劇，只差沒有如泣如訴的小提琴伴奏。惟一的慰藉，是同臺的男女都答應把她的日薪提升到港幣四百元，男女都是老婦人去國的子女，亦同意訪港期間，毛姑姑可以放幾天假，好讓他們與老婦人團聚。訪客剛說完，以後的十多天，毛姑姑果然就沒有出現，由幾名陌生的男女輪流當值，然而他們始終不是熟練家傭，很多時候都顯得手忙腳亂，譬如老婦人喜歡吃麥香雞，他們卻買了漢堡包，端湯給老婦人喝時，又忘記加凝固粉，以致好幾次老婦人嗆得咳嗽起來，儘管身畔圍繞著親生骨肉，倒不見老婦人稍露歡顏，直到毛姑姑休假回來，老婦人的臉色才比較舒緩。然而護理員一天到晚流汗浹背照顧老人家，時薪才不過四十元，毛姑姑遊手好閒，待遇卻與她們平起平坐，護理員都心有不甘，後來她們還發覺毛姑姑不是外人，就是老婦人的媳婦，關上門不是一家親，而是在錢銀上斤斤計較，旁人更覺得她簡直不守婦道，表面上大家都不敢造次，臉上卻冷下來，加上毛姑姑每日到訪，風雨不改總是穿著那件繡有珠花的黑毛衣，一天隨風掠過，一個護理員趕忙掩鼻，說汗臭加上銅臭，實在難以忍受，背後她們還說毛姑姑本姓巫，巫婆的巫。她們倒

明白毛姑姑與老婦人總是無話可說，千古以來婆媳總是不和，一直以來兩人沒有爭執，已經是家門的幸事。

再過幾天，毛姑姑的故事又有新的版本，就像天方夜譚，一千零一夜裏可以有千百種姿態。毛姑姑卻是完全不在乎，每天依時依候到來服侍老婦人，風雨不改，午間是她最無聊的時刻，即管到街上蹓躂，或者約同知己到茶樓品茗，時間可以是一個人雄厚的資本，她選擇數著日子一分一秒流逝。

預先沒有警告的一個下午，她突然捨棄了緊身的黑毛線衣，改換寬鬆長袍，袈裟似的橙黃色，金光璨瑳，安老院全人驟眼遇到，都目瞪口呆。

原刊於《大頭菜文藝月刊》總第六十五期，二〇二一年三月

鏡遊

　　鏡裏還有一面鏡，映照人心不古，銀幕上的萬能勇士，藍色的緊身衣配搭一塊紅披肩，威風凜凜來到野營，要與綠衣的和平俠客商討起義的事，說不了兩句話，忽然拔出匕首，就向和平俠客插去，突如其來的舉動，看得強表弟手心冒汗，強表弟嚮往一個安靜祥和的世界，忠奸分明，日本配音卡通片集的人物卻都懷有霹靂火的脾氣，一言不合便大打出手，隨意叱喝謾罵，強表弟的耳鼓需要休息一下，倒不如自己粉墨登場當導演，高舉著智能板，到處取景，看得高興，還可以點擊錄製按鈕，把眼前的世界挽留，引來自己稚趣的笑聲。銀幕底下，這時坐著一位老婆婆，側著頭打瞌睡，口涎從嘴角拖到指間，慈母手中線。旁邊一位老公公，上顎的牙齒都已脫落，又沒有鑲假牙，凹陷的肌肉配合蠕動的下唇，整天都似乎在吃東西，口福不淺。鏡頭掠過重重地板，像旅遊車展覽窗外急馳的風景，終於停在酸枝鋼牀旁邊，照見一雙腿在半空中前後踢動，磨損的牛仔褲露出膝蓋，似兩張羞怯的臉，卻是強表弟的大腿。他倒看不到自己紅潤圓胖的臉頰，眼神柔和中帶點稀奇的凝視，稍會令人感到不安。強表弟頃自開懷攬鏡觀照，四周的景物實在廣袤無垠，不是他幼小的心靈可以熱情擁抱，惟是智能板提供一個方框，限制他的視野，倒令他容易理解，這時他又把鏡頭移向右邊，瞥見太師椅上一位胖姑姑翻著報紙，胖姑姑並不介意，還放下報紙向強表弟揮一揮手，引得強表弟神經質的笑。然而躲在鋼牀一隅好半天實在無聊，強表弟一躍下來，依然舉高智能板，躡手躡腳穿過甬道，來到盥洗室前，正想闖席，猛然一個壯健的身軀衝過來，像一塊滾動的大圓石，攔截強表弟的去路。

　　「等等！小朋友！等等！這裏是私人地方，閒雜人等不可以進去的，還有，安老院不是旅遊景點，不可以隨便拍照，需要預先申請的，小朋友乖！

請你把 iPad 交給我。」護士長既然受薪充當道德的掌門人，也就責無旁貸。

「No！」強表弟幾乎尖叫，急忙把智能板收到背後，護士長豈肯就此罷休，攔腰抱過去，就要搶奪，強表弟本來是溫順的孩童，為了保護智能板，有樣學樣，勉強飾演萬能勇士的角色，手無寸鐵，就用腳當武器，向護士長的上五寸下五寸襲擊。

「哎喲！這裏又不是失物存放處，怎麼有個無人認領的孩童？還這樣野蠻。」護士長高嚷起來。

「你忘記了？是江家的孩子。」護理員倒一眼認到。「他的外婆今早才搬進來，家人正在裏面打點，讓我把他們喚出來。」

江太太在房裏與母親難捨難離，雙眼滿含著淚水，猛然給工作人員從房裏請出來，從女兒轉換成母親的角色，一時不能適應。「強⋯⋯」聲音有點沙啞，她清清喉嚨繼續：「⋯⋯仔，我不是囑咐過你，不要在這裏亂拍照，為甚麼不聽話？」江太太自覺聲音完全沒有家長的威嚴。

「不是我自作主張，個人資料，亦即是私隱條例在一九九五年通過，一九九六年十二月正式生效，在這裏拍照前需要預先徵求長者親屬同意，胡亂偷拍，會連累我們惹官非的。」護士長自己愈熟悉法律，對旁人的一舉一動愈是膽戰心驚。

「明白明白，只是智能板有如魔鏡，似乎與強仔特別有緣，那天我們一行三人到深水埗的電腦專門店，本來要為他爸爸選購一副智能板，店員示範拍攝的功能，強仔這就著了迷，一把搶過來，不肯放手，之前他對甚麼東西都沒有這樣上心的，結果我們一共買了兩副，以後強仔與魔鏡就形影不離，吃飯睡覺，也要把魔鏡放在飯桌和牀頭櫃上，每天一早睜開眼睛，還未漱口

洗臉，就嚷著要魔鏡，他不懂得上網瀏覽，也不喜歡玩 App 的熱門遊戲，只是酷愛捧著魔鏡，點一下錄製按鈕，像遊地方般隨處閒逛，似乎只有透過魔鏡他才可以認識世界，魔鏡已經成了他的良朋知已。」江太太可真忙碌，孝女慈母之外，還要兼職辯護律師。

「上學時怎麼辦？」護士長搖著頭。

「強仔在家自學，這方面倒沒有問題。」江太太愛憐地撫著強表弟的頭。「不如這樣，我關掉了智能板，只讓他拿在手中，可以嗎？」

「好吧！可千萬別再開。」護士長無可奈何。

「強仔！快說謝謝護士長姨姨！」

強表弟並非頑童，怯怯地重覆母親的話。智能板變成黑面神，倒映照了強表弟的臉，強表弟不是水仙花，面對自己只會裝鬼臉，終覺無聊，指頭受不住誘惑，又在智能板的邊緣摸索，按鈕開機，熟練地找到錄製按鈕，又高舉著智能板到處瀏覽。

「早知道你不聽話。」虎視耽耽的護士長熟練地從辦公室躍出來，又與強表弟展開拉鋸戰，再次驚動江太太，這一回她也無話可說，勉強從強表弟手中奪過智能板，放進手袋，重新隱進板隔門後。

太師椅上的毛姑姑翻過報章的一頁，側眼看見強表弟空手坐回鋼牀，沒有哭，呆板的臉也沒有洩露內心的表情，嘴角還帶點痴笑，彷彿有點疲倦，母親拿走智能板正好讓自己休息一下，雙腮卻鼓著，像每邊各銜住一片蘋果肉，只覺得他可愛。正聚精會神看一段廣告，猛然耳邊響起「嚓」的一聲，搪瓷肥佛公從几上飛起來，落到強表弟的懷抱，他的雙腮原來蘊藏兩團怒燄，火山爆發，毛姑姑輕呼了一聲，強表弟已經從鋼牀跳到地板。

「作孽了！作孽了！怎可以驚動佛爺？」一個護理員戲劇化地誇張，也難怪她大驚小怪，強表弟雙眼噴火捧著肥佛公，怒意隨時會燒到神靈身上，他顫抖抖地運送一個搪瓷像，就看他幾時失手。

「小朋友！不許妄動！」護士長喝令，強表弟卻不聽使喚，轉眼已經來到大堂中央。剛巧廚房大娘推著餐車出來收拾碗碟，卻收拾不了這個殘局，惟恐神像破碎會給安老院帶來天譴，趕忙雙手合十閉眼唸經：「佛爺！佛爺！有怪莫怪！細路仔不識世界！」

這回江先生也出來了，看見兒子妄作胡為，舉起左手，就要掌摑，強表弟躲進母親懷裏，江太太趁勢從他掌心挖出肥佛公，隨手放到盛載早餐的飯桌。

「這位小朋友似乎有點神經質，平日有沒有看精神科的醫生？」看見江太太搖頭，護士長折回辦公室，不一會取來一張卡片遞過去。「我倒認識一位名醫，有空不妨帶他去檢查一下。」護士長似乎滋事地揭發江家一個存心隱藏的秘密，江太太接過卡片，無可奈何面對現實。

「你們先回去吧！這裏我們自會善後。」毛姑姑心無牽掛，隨著大夥兒來到飯桌，向江家點頭。

江先生帶著強表弟先回家，江太太返回板隔房與母親話別，毛姑姑信守諾言，捧起肥佛公，踏著碎步來到鋼牀，必恭必敬地把搪瓷佛像供奉到几上。探訪時間已過，長者都已運送回房休息，毛姑姑摺好免費報紙，放入背袋，臨走前，她回望肥佛公一眼，未經強表弟點醒，一直以來她都沒有留意到肥佛公笑得這樣開懷，心念一動，她掏出智能手機，為肥佛公拍了一張照片。

原刊於《大頭菜文藝月刊》總第六十七期，二〇二一年五月

點 · 激

　　池塘在智能手機不比防盜眼大多小的狹縫，簡直是無邊際的汪洋，初生的小鴨子撥弄脆弱的掌爪嬉水，活像一片可口的鹹蛋黃，漩渦似的嘴巴猛然在碧波間打轉，小鴨子就這樣被拉扯到塘底，還未趕得及變成白天鵝的候選，醜小鴨功未成已經身退。小鴨子不斷在公園的池塘失蹤，逐漸成為都市異聞，有人懷疑池塘裏深藏著大嘴巴的鱸魚，其他人歸咎盤桓在公園上空的紅尾鷹，一名來自「魚與野味」組織的生物學家，想像的範圍更廣，貓、狗、貂、浣熊和白鷺都可以是嫌疑犯。風和日麗的這一天，年輕媽媽攜著幼兒到來公園玩耍，無意間經過現場，目睹兇案過程，趕忙掏出智能手機拍攝，然而幼兒忽然被一隻蝴蝶吸引，踏動小腿追趕，年輕媽媽為了把他抱回，惟有放棄臨時記者的任務，把智能手塞回褲袋裏，事後她在臉書指天為誓，說臨走前親眼看到一條長四尺的鯉魚，搖動著尾翅在池水稱雄。沒頭沒尾的一段錄影帶套上「殺手鯉」的名堂，放到臉書播映，居然有大白鯊的轟動，獲得一二七〇次點擊、四十名用戶贊好、十一條評論、十七次分享。

　　殺手鯉無端成了年輕媽媽的夢魘，連續三個夜晚，她夢見自己牽著幼兒的手，來到家居附近這座公園的鴨池塘，幼兒拍擊水面嬉笑，她則掏出智能手機，忙著在社交網絡發放短訊，與新知舊雨交流得不亦樂乎，殺手鯉驀然從塘底冒出來，幼兒頓時追隨醜小鴨的命運……她驚叫著從惡夢醒來，夫婿睡在身旁，赤裸的胸膛從毛毯裏露出，喝飲著窗外的月光，古銅漂染成乳白色，像堅硬的磐石，然而襯著鼻息如雷，並未能給她提供多少依傍，她嘆了一口氣，從牀中坐起，隨手撿來擱在几上的智能手機，無助的一刻，智能手機就成了她的慰藉，按著按著，她居然得到一個主意，要向市政局申請，請求他們派員排乾鴨池塘的水，試圖找出殺鴨的元兇。主意打定，下一次與幼

兒來到公園，她故意繞道鴨池塘，察看形勢，在烈日的監視下，卻不見得鴨池塘有甚麼異動，她依然用智能手機攝錄沒有吹皺的一池春水，傳送到臉書，不見底的池塘在智能手機小小的熒幕提供足夠的想像空間，虛幻境界裏似乎出現一條大嘴巴的鱷魚、隨時變色的牛蛙、千年巨龜、獨眼而又患白化症的鯰魚、失蹤少女、有足球場般大小的滑板公園⋯⋯年輕媽媽附上短束，向母親族群說出自己的意願，這一次，她得到十名用戶贊好、九位母親的回應、短片得到二百四十三次點擊、一次分享。

申請書呈交到市政局，不到一個月便得到回應，年輕媽媽算是走運了，剛巧市政局打算替鴨池塘進行一個為期四個月的修復計劃，主要是重建破損得接近危險地帶的堤岸，同時防止塘中央的安全島繼續受到侵蝕，年輕媽媽提議排乾鴨池塘的水，自然正中下懷，年輕媽媽想不到事情進行得這樣順利，只覺得一場掃興。市長原是目空一切的大胖子，對大財團打躬作揖，至於普通市民的訴求，只換來睥睨的眼光。大選後換來一位慈祥長者，倒像是有求必應的黃大仙。申請書寄出後沒有立刻得到答覆，年輕媽媽已經作出最壞的打算，要求夫婿告假一天在家裏照顧兒子，自己則和母親族群聯袂到市政局門外請願，示威牌也寫好了，口號包括「救救孩子」，「鴨池塘不是噴血池」，「市政局，你的耳朵收藏在那裏？」市政局說一聲好，倒像是反高潮，無論如何，收拾閒情，年輕媽媽依然把市政局的回信拍攝下來，絞盡腦汁想出來的標語也不想浪費，都像貼大字報般傳送到臉書，起碼給人革命已經成功的錯覺，出乎意料，好消息並沒有獲得太大的回響，只有二百三十六次點擊、七名用戶贊好，沒有評論，自然也沒有分享。

排乾塘水的前一天，年輕媽媽特別忙碌，照顧幼兒進食，為他洗澡，換

過乾淨衣衫之外，又從衣櫃裏搬出兩張草坪椅和一個冷藏箱，並且到附近的超市買來冰凍飲料，她已經囑咐夫婿明天請假，一家三口到公園觀看排水活動，難得夫婿爽快答應，年輕媽媽知道夫婿喜歡喝啤酒，算是慰勞，誠意買了數罐，也為自己與幼兒選購了果汁。自從移民到來，夫婿只找到了貨車司機的工作，自己為了照顧幼兒，終日留在家裏，收入有限，應付昂貴的房租外，還要儲備費用將來為幼兒供書教學，生活拮据，平日難得有娛樂，今次到公園消磨一天，算是直播的大型節目，她還與母親族群打賭，看看殺手鯉是否真的從塘底浮上來，為平淡的生活添置有獎遊戲的刺激。天氣燠熱，照顧幼兒睡午覺後，年輕媽媽推窗，讓涼風輕輕拍打她的臉，窗沿停著一只小蟲，穿過城市的塵埃到來休憩，透明的翅膀在風中微微震抖，孤獨而美麗。年輕媽媽平日廢寢忘食留意手機裏的活動，小蟲的舞動反為顯得不真實，她寧願把智能手機瞄準浮游在乾冰裏的啤酒瓶與果汁瓶，傳送到臉書，這次她得到一百九十九次點擊，沒有分享，七位母親互相提醒，下一天在公園裏會合。

臨時卻只有三位母親到來助興，塘邊圍觀的倒有九十多人，默默看著公園的工作人員，穿著長筒防水靴，戰戰兢兢地涉足走進塘裏，灰黑色的橡膠在水中若隱若現，混雜在銀色的背鰭間，倒像剛遷徙到來的鰻魚，工作人員揮動著魚網，動作勤快，遠看頗像田野間有節奏地刈草的農夫，可是除了淤泥，他們卻甚麼也撲捉不到，一時慌了手腳，像無助的羔羊，躺在地面，四腳朝天亂踢亂蹬。年輕媽媽的夫婿本來穿著短褲球鞋，向旁邊幾名年輕人打了一個眼色，都自告奮勇踏進塘裏，拍擊水面，徒手捕捉，嚇得水裏的游魚隨處奔竄，整個上午，工作人員與義工同心協力，像拔草般從鴨池塘抽出一

尾尾鯉魚，很多條魚身都超過兩尺長，嘴巴卻不致開闊得可以吞噬小鴨，黃昏將至，混濁的綠色池水逐漸抽乾，始終不見殺手鯉的蹤影，年輕媽媽很是失望，一場到來，不想空手而去，習慣成自然，舉起智能手機拍攝，剛按動錄影鈕，嘩啦一聲，無數雜物像嘔吐般從手機的熒幕湧出，包括空啤酒瓶、棒球帽、肉豆罐頭、橙色的標杆、嬰兒紙尿片，還有年輕媽媽找了一年的撥浪鼓。

許定銘

作者簡介

香港寫作人許定銘以書話馳譽文壇，有關書話的著述有：《醉書閑話》（一九九〇）、《書人書事》（一九九八）……《向河居書事》（二〇一八）、《從書影看香港文學》（二〇一九）等十餘種。事實上，他一九六〇年代踏足香港文壇之時，是全力於詩、散文及小說創作的，曾出版創作類書籍《港內的浮標》（一九七八）、《爬格子年代雜碎》（二〇〇二）、《詩葉片片》（二〇一六）、《創作：生命之源》（二〇二〇）等；曾入選李洛霞、關夢南編的《六十年代青年小說作者群像（1960~1969）》（香港風雅出版社，二〇一二），認定是那年代的重要小說創作人。

馬迷奇遇記

週末下午，亞木刨馬經頗有點心水，想到投注站花幾十塊玩玩。豈料走到投注站，見人群擠到投注站門外，或站或坐的一堆堆。兩處大門如同虛設，無論如何也擠不進去。

亞木搖搖頭，心道：「咪攪，橫豎唔係中梗！」突然有人拍膊頭道：「嚟買馬呀！」亞木擰轉頭，見一個熟口熟面的男子，也記不起是在哪兒見過的。亞木乃世界仔一名，怕得罪人，便點頭跟他搭訕起來。那名穿著名牌運動恤，長白褲，頗為體面的三十餘歲男人，健談而投契，才不過幾分鐘，他們已熟絡得像經常見面，曾多次在馬場內共同上落的親密戰友般。亞木也懶得去想是在那兒認識他的了。這時刻馬已開跑了好幾場，難得有人跟自己熱切地討論，講貼士，互吐心得……。

那人忽道：「呀，我差D唔記得，我架車就停在橫街。車裏面有冷氣，有收音機……。」

走進車內，開了收音磯，剛剛跑完第四場，那人一拍大腿：「都話係啦！2，3！你睇，2，3連贏，單棍就仆正。」他邊說邊從褲袋掏出一大疊紙幣和貼士紙。十幾張金牛看得亞木眼都突了出來，口涎直往喉裏吞。他揀了一會，選了張投注卡，遞給亞木看：「嘩，單Q兩舊，分四十幾倍，八千幾銀，唔錯掛！今日已直落三場，財神照得好正哩！」一面說著，一面拍拍漲起來的褲袋。

那人見亞木滿臉羨慕，拍拍他膊頭：「好啦，肥水唔流別人田，同你咁Friend，益吓你，我今日貼士咁準，你制唔制？」

「咁點買法？」亞木問。

「夾份啦，」那人道，「攞幾戙嘢嚟，我去落注。」

　　亞木袋裏只有幾百。於是匆匆落車，到附近的銀行用提款機提了四千塊趕回來交給他。

　　「你真夠運，」那人說，「今場係我全日最佳心水，冇衰嘅，你係車等我，聽住收音機，買 11 號贏位，腳拖 2，3，4。去酒樓訂定位啦，馬主俾我嘅內幕貼士嚟，唔中問我！」

　　那人走後，亞木留心聽賠率。

　　11 號是冷門，廿五倍，拖 2，3，4，連贏位都在五十倍以上。亞木心想：「嘩，發咯，二百蚊條 Q，最低限度分一萬……」

　　亞木正陶醉在發財夢中，突然有人開車門，是另一名男子和一個警察。

　　結果亞木被警察帶到警署去落案。他是原告也是被告。是原告：因為他被人騙去了四千大元。是被告：因為他擅自闖進他人的汽車裏。那是把車泊在那兒的真正車主告他的。

一九八三年六月

財滾滾來

「……好啦，又輪到今日最後一場啦。呢場係第三班一六五〇，我哋睇吓初步嘅賠率先：1 號豐收日係大熱門，3 倍；2 號質素第一 8 倍……8 號財滾滾來 25 倍……。」

財伯心裏想：「點解會 25 倍？唔通我睇錯咗？幕後唔去馬？」他立即翻開馬報，一眼就看到第 8 場 8 號馬那欄的晨操紀錄。其實，自從星期四排位開始，這一欄，他已經看到滾瓜爛熟，差不多可以唸得出了。三星期來，「財滾滾來」從沒有缺課，次次都操三段，一分廿秒左右，功夫做足，狀態明顯好了很多；昨晚賽馬預測裏，還看到牠的試跑鏡頭，馬身飽滿，毛色光澤油潤……。

財伯一面看，一面想著，自自然然的，手伸進袋裏摸出了錢，一數，還有二仟五。其實今次財伯來投注站，目的就是要賭這匹馬。今早九點，銀行才剛開門，財伯就走進去，把三仟元積蓄全提了出來，打算「瞓身」到財滾滾來身上「盡地一煲」，所以前面幾場根本沒怎麼下注，一心就是等這一場。

財伯跟了這匹馬很久。這匹一班馬，今季全無表現，由一班慢慢的降到落三班。在班次上來說，已佔足了便宜，近兩仗已經很接近，尤其是上一仗，跑的也是一六五〇，轉養和院彎還是最後一隻，可是，一條直路衝上來，逢馬過馬，可惜輸在臨門一步，是第五，不過距頭馬只兩個馬位。

財伯為甚麼會特別喜愛這匹馬呢？一來大家都有個「財」字，財伯信牠很利自己，當牠「銀行馬」；二來牠的名意頭好，「財滾滾來」，誰不愛財滾滾來呢？

「……嗱，依家賠率有 D 改變，我再報一次……大熱門仍然係豐收日，不過已有三倍半，比頭先好分 D。……張非，今日安仔已經贏咗兩場啦，今

場佢又有馬騎喎，你估佢隻財滾滾來有冇機會吓嘩？」

「睇嚟就難 D 咯。25 倍，呢系人搏馬冇咁冷嘅！……唔好講咁多，不如都係睇吓沙圈動態啦。鍾國仁，沙圈果邊情形點呀？我哋 D 聽眾等緊你喫……。」

「係！依家 D 馬出晒嚟啦。隻大熱門豐收日就唔錯……咦，米住，隻 8 號馬唔錯喎，可借 D 賠率就唔係幾對辦……」

財伯聽見財滾滾來的賠率動也沒動過，身已涼了半截，但如今沙圈專家也說牠靚，又恢復了信心。

突然擴聲器傳出了嬌滴滴的聲音：「第 8 場即將會在稍後截止，投注人士請盡快落注。」

「買還是唔買呢？」財伯知道決定性的時刻已經到來了。他猶疑了好一會，然後深深地吸一口氣，緊握了拳頭，不期然喊了聲好。「搏一搏，理佢幾多倍，計往績，呢棚馬冇隻係佢手腳。」從挨坐著的牆角，財伯用手支撐著地面站起來。

財伯爬進了充塞滿從煙民噴出來廢氣的人堆裏去，取了卡填妥。看了看買票的人龍，雖然第 8 號窗人比較多，財伯還是走了過去。心裏想著：8 號窗，第 8 場，8 號馬，仲唔係發發發！

財伯故意對售票的小姐大大聲說：「唔該妳同我睇吓有冇填錯。呢度係唔係 8 號 W 五佰，位置千五，連贏 8 號膽拖 1，2 各一百？」雖然小姐沒有理他，財伯卻覺得很有優越感……。

「……落草地啦，D 馬走過嚟。咦，8 號好對辦喎。喂，張非，你睇吓佢 D 賠率點？」

「唔駛睇，落飛啦。20 倍。頭先鍾國仁都話佢狀態好啦！」

「嗱，依家 D 馬向住起步點走過去……嘩，又落飛啦。財滾滾來 15 倍啦。都唔駛經過 18 同埋 16 倍，就跌到……跌到 12 倍啦。嘩，咁樣落法，幕後人都唔知放咗幾多錢落去。你信我啦，各位聽眾，聽吓 D 馬迷嘩嘩聲，就知道財滾滾來又落飛啦。十倍……」

財伯咧開了嘴。痴痴地揑緊那幾張票。

「……開閘啦，財滾滾來呢隻落飛馬第一隻彈出嚟，立即留守番二、三位……入直路啦，財滾滾來一透而出，發揮凌厲嘅後勁，上啦，上啦，冇得頂，睇嚟安仔今日可以連下三城……咦，唔妥喎，隻馬突然冇晒，一步都冇……」

財伯突然感到腦袋裏像有甚麼爆開了一樣，又好像甚麼也沒有，空洞洞的，腳浮浮的浮出了投注站的大門。「冇咯！冇咯！……」背後馬評家在擴聲器裏繼續嚷道：「慘啦，財滾滾來搏跛咗、我哋見安仔落咗馬……幕後人 D 錢唔係財滾滾來，係財滾滾去……。」

財伯伸手入袋，不用摸，也知道只剩下三佰。三佰可以做甚麼？買張車票？昨晚同屋王先生讀兒子信的聲音，彷彿仍在耳畔喃喃：「阿爸，有個好消息話你知：阿娟昨日生咗個仔，你做咗阿爺啦。不過，佢依家住月，要補補身。阿媽又唔好彩，舊病又發啦，前兩日入咗醫院，本來唔想麻煩你……」

一九八四年五月

失簿記

「把默書簿帶回去，做好改正，記得要給家長簽名⋯⋯」我一面說著，一面把簿一行行的派到每行的第一張枱去⋯⋯可是，派到近窗的那一行，卻沒有了簿。怎麼會差一行呢？是帶漏了？還是留在教桌上？「老師，我們這行沒有簿。」近窗的那行是六D班最糟的幾個，沒有舉手，更不必等我示意，已一陣子騷亂。

我瞪了他們一眼，訓育主任的威嚴立刻把騷亂壓止。「班長去找找，可能在我的枱上，漏了帶來。」可是，班長去過後，回來搖搖頭。「沒有理由不見的。放學之前再派給你們。」

訓育處遠離校務處和一般教員室，獨處六樓一隅，方便休息時巡視四五六樓，只我和下午校的老李兩個人用。我利用轉堂的空檔回去找一找，真的不見！連未回來的老李那張枱我都找過，也沒有蹤影。

怎麼會不見了一行簿呢？我一向行事小心，自己的東西都很少遺失，何況學生的簿！別緊張！別緊張！想想這疊簿的來龍去脈：昨日最後一節是默書課，我是在放學後才改的簿，明明是七行，我印象非常深刻，因為陳子良居然有三十分。在成績登分表上，一直掛著一串紅提子的陳子良，這次竟然有三十分，我怎會忘記？那一行簿，我肯定改過。然而，如今簿在哪？不可能在從訓育處到六D班的路上掉了，那不過幾步路，而且我也找過了。那是給人偷了？不禁啞然失笑，誰會去偷一行簿⋯⋯對！給人偷了！我立刻想到陳子良。此子認真不良，在校六年，甚麼事未犯過？考試出貓、毆打同學、偷竊、掀女同學的裙子、用小鏡子照老師裙底、和街上的小流氓開片住了幾個月醫院⋯⋯最壞的一次，偷了同學一百元，捲成圓筒，用橡筋套在性器上，然後在女老師面前一件件衫要脫給她搜身。

　　他這次默書拿到三十分，一定關係著某件事而未滿意。偷一本簿去毀屍滅跡容易被揭發，一不做二不休，整行簿失蹤，死無對証，他便可以為所欲為了。

　　小息時，我把陳子良叫來。

　　「今次又玩甚麼花樣？」我拉長了臉，直接問他。

　　「發生甚麼事？」他裝作不明白。

　　這下我可光火了，大力一拍枱面，「你把那行簿拿到哪去了？」

　　「簿？」他還是很鎮定，「我沒有拿過！誰敢到你這裏來偷簿？」

　　「你還敢抵賴！」我霍地站起來要揪住他，「除了你，沒有人夠膽。」

　　他退後一步，「許 Sir，你不要自己失了簿就冤枉我！」

　　「冤枉你！」我把伸出去的手縮了回來。是的，我不能不分青紅皂白，就把這件事算到他頭上。

　　「我知道自己案底多，紀錄不好，」這傢伙居然好言安慰我，「但這件事真的不是我做的。你想想，我一向敢作敢為，有哪件事不敢認的。」一副了不起的神氣樣。

　　唉，這就是九年免費教育的後遺症，以前的學生怎夠膽這樣對老師說話。算啦！苦無証據。「你回去跟那行同學說，如果放學前我未派簿，就不用做改正了。」

　　我執教鞭二十五年，從未試過遺失學生的簿。這日連上課也患得患失，在陳子良面前的挫敗，使我像一頭鬥敗的公雞，垂頭喪氣，渾渾噩噩的又放學了。

　　我處理完放學的事務，回到訓育室，眼前一亮，那行默書簿端端正正的

放在玻璃枱面上。

「這行簿是誰放在這裏的？」我問剛回來不久的老李。

「不知道啊！風紀們出出入入的。」老李抽了一口煙，「哎，剛剛我們的老校進來過。」

下午校校長，那個女人？

我們的學校是大型辦學機構的其中一間，上學年下午校的校長移民加拿大，新調來一個女的做下午校校長，兼協助上午校的事務，算是整間學校的副校長。

校長當然可以抽查我的簿，但不能「偷」！血往上衝，脹得滿眼金星，呼吸急促，查我的簿無問題，最慘害我冤枉陳子良！

我終於忍不住，一手拿起簿，風也似地捲出門去，從六樓衝到二樓的校長室。

「這行簿是你拿了？」我把簿遞給她。她沒有接，也不作聲。那算是默認了。

「默書簿是要派給學生改正的。」我把氣慢慢壓下去。「你是校長，查簿是你的責任，但請你通知我，請勿私自抽取……」我一口氣說完掉頭就走。

門口的書記小姐見我餘怒未消。「許Sir，好大聲，嚇壞人！」

我故意再大聲些：「有些人不用嚇都壞了，我給人『偷』了一行簿呢！」

一九九〇年九月

退休

　　鐘聲一響，白老師悄悄閃出校門，毫不留戀的快步穿過馬路，走進對面的休憩公園裏。急急腳小跑步的走了才不過二三百米，白老師已感到有點氣喘，只好慢下來，選了一張長椅坐下休息。遠遠看過去，剛好對學校大門。這時，學生才在老師的帶領下，魚貫地走出校門。

　　整整二十五年了！白老師想，人生有多少個二十五年？一生中最美好的時光，就給困在那六層高，一格格、一間間的建築物內。在規定時間內，從A課室到B課室，又從B課室奔到C課室……像不像一頭被困在迷宮中，無法找到出路的白老鼠？

　　二十五年前，因為官運失意，逃來這南方的小島投靠一位世叔伯，被安排到這所學校裏當校務主任。由白科長變成白主任，雖然已降了很多級，到底屬於管理階層的行政人員，也罷，也罷，大丈夫能屈能伸，一呆就是好幾年。

　　事情的起端在由私校轉成津貼學校的那年。舊校長剛好退休，講資歷，計實力，順理成章應由他這個校務主任升上，可是，忽地裏卻斜殺出那個年輕的小伙子來。媽的！算哪門子的男子漢！不過是因為娶了校監的妹妹。

　　「朝裏有人好做官」，這是千載不變的道理。白老師嘀咕著。

　　在兩個人同到校董會面試後，白主任不但沒變成白校長，秋季開學以後反而成了白老師。一氣之下，他好想立刻就擲下辭職信離去。可是，由私校轉成津貼，雖然降成教師，薪金反倒加了一倍，比市面上能找到的工作工資高出很多，況且，兩個孩子才十歲八歲，

　　負擔仍重……。

　　白老師這一啞忍，就忍過了二十多年。今年五月已屆退休年齡，只差個

半月就能捱到學期尾，那麼，從七月中到八月底這個半月的暑假，該算是小小的補償吧！不僅同事們這樣想，就連白老師自己也這樣以為。然而，那個再不年輕的「小伙子」卻不這樣想，祝他五月底「退休後生活愉快」……。

　　這一趟我走得夠灑脫了吧！立即走，坐言起行。不過，心仍記掛著甚麼呢……。

　　　　　　　　　　　　　　　　　　　　　　一九九三年六月

偶遇

我上了巴士，向司機揚了揚老人卡，掉了兩個 quarter 到錢箱裏，走進車廂，全車還不到十個人，隨意選了座位坐下。咦，怎麼車還不開？那兩百多磅的非洲裔司機忽地站起來，到車廂前面橫排座位前一下子把長椅拉起，進口處上來一輛輪椅，輕巧的一個旋轉，婦人和輪椅就駛進空位去，胖司機一屁股壓到座位上，車平穩地滑動起來……。

忽地前排座位轉過來一張臉：時多長花白的陸軍裝，黝黑的皮層在臉上刻了厚厚深深的坑紋，六七十開外的華裔老漢裂開一排啡色的煙屎牙：

「老鄉，這輛車是去羅蘭崗（Rowland Heights）的？」很濃重的普通話頓了一頓，「很多華人住的羅蘭崗！」

我笑了笑點頭：「日本人、韓國人、越南人都是黃臉孔，一個樣，你怎麼知道我是華人，可以答你？」

老人爽朗地大笑起來：「瞎猜！你若不是華人，不會答我！」

打開了話匣子，老人索性全身側坐，背靠在車窗上，轉過身來對著我滔滔不絕地訴說：

「我住在蒙特利（Monterey Park）幾十年了，近年常聽到伙計們說愈來愈多人搬到羅蘭崗，說是如今繁榮得很，要比蒙特利更多華人，早就想過來看看，今個月退休了，終於決定過來玩玩……」老人見我沒反對聽他的，舐了舐嘴唇繼續說，「我是一九八四年從香港來的，先是六十年代浮著兩個波膽過流浮山，廣東話一句學不懂，困在廚房十幾年，想不到又有甚麼聲明，說香港要回歸，我怕得要死，一生人走兩次難，到了蒙特利，還是躲到廚房去，今次躲得更久，都三十幾年了……」老人雖然向著我傾訴，但雙眼空洞呆滯，完全沒有望向我，事實上，我存在與否，他也會如此自話自說……。

「到啦，」我打斷他的喃喃自語，「這條大街的兩邊，就是羅蘭崗最繁忙的地方了。」

老人興奮地站起來，邊謝謝邊向車門走過去，碰巧那輛輪椅也在這個站下車，把他擠在通道上，老人龐大的身影蓋著件老舊的灰藍外衣停在那兒傻笑。我莫名其妙的也站起來，「陪你走走！」

我們才下車，老人立即從身上掏出包萬寶路遞過來：「忍得很辛苦！你也抽抽？」

我搖搖頭，「馬路兩旁有四五個商場，也有超市。」

老人深深地抽了兩口，向左右望望，「呀，順發超市，我上班的飯店也是順發送的貨，我今早八點多就出發，從蒙特利乘巴士去艾蒙地（El Monte）巴士總站，一小時有多；再轉車到這裏又兩小時，」老人看看腕錶，「肚子早餓壞了！先找吃的！」

我沒告訴他，其實從他住的蒙特利公園市到羅蘭崗市中間只隔了兩三個城市，距離並不遠，自己開車走超級公路頂多半小時，但乘巴士要轉車，又要在大大小小的六七個市鎮轉了一圈又一圈，把居民往這裏那裏送，想不到他居然用了差不多整個早上才到。「馬路對面有一條龍，四川麵店，它的椒鹽里肌一流；商場內有 food court ！」

「food court 好！其實我就是四川麵店廚師，那些東西吃了幾十年，退休還吃？你這邊那麼熟，住了很多年？」

我搖搖頭。老人來洛杉磯三十多年，天天在家居和飯店直線走動，認識的只有火爐和萊餚，傾談的也只是水龍頭和火爐，困在廚房三十年，連半小時車程的鄰市都未去過……我這幾十年是學校、圖書館、編輯部、書店的

走來走去，靠的是講話和搖筆桿混飯吃，講臺上的話說多了，平日就極少開腔。退休後洛杉磯、香港的兩邊飛看兒孫，今次來這兒三個月，日日搭半小時巴士來午飯逛街過日子，羅蘭崗的住宅散落在山腳和山麓上，商業區只有可麗馬（Colima Road）一條大街，街頭有飲廣東茶的潮樓，三個巴士站後有四川麵店一條龍，再過去三四個巴士站有上海灘、港式茶餐廳波士頓、北方小點店口品……。

　　我細心再看一下老人，呀，我忘了，其實我自己也是七十開外的老人了，我們雖然活在同一個地方，過的卻是兩種不同的生活模式！

二〇一五年十一月於洛杉磯

傳道

　　離我們下榻的酒店僅約十分鐘步距的商業小區，有間香港式茶餐廳，除了一般的粥粉麵飯外，冬天連羊腩煲、蛇羹都供應；最難得的是，菠蘿包、蛋撻、老婆餅……等港式包點，都是自家焗烘，全日新鮮出爐，尤其是菠蘿油，熱辣辣的酥皮包，配一塊厚硬的牛油，咬落去有口感，一道油香順流而下，讓人感到彷彿回到九龍深水埗往昔的歲月……。每次到溫哥華，我的早餐和晚飯總喜歡到此享受。

　　那天，我倆、女兒和她讀六年班的小積臣四人，午間過後，從華氏七十度的洛杉磯出發，乘三小時客機抵溫哥華時，已是華燈初上的時刻，氣溫跌到攝氏零度。到酒店辦過手續，早已饑腸轆轆，匆匆趕到茶餐廳，已見賓客滿堂了。

　　我們選了個卡位坐下，各自看餐牌點菜。「識聽唔識講」的黃皮白心小積臣，比他的哥哥和姊姊幸運得多，請幾日假隨我們同來，有個重要任務：回去要寫份圖文並茂的旅遊報告。從未到過港式茶餐廳的小傢伙東張西望，除了人頭湧湧、酒酣耳熱的熱鬧，急快的廣東語又聽不入耳，他對牆上貼著的一條條劃滿符號的彩色紙條最有興趣，拉拉手袖，用英語問我：

　　「外祖父，那些是甚麼？」

　　「餐牌。」我故意玩他，「你喜歡吃甚麼，指給我好了。」他嘟嘟嘴。

　　大概有二三十年未進過這種茶餐廳的女兒也很興奮，指指牆上的紙條：「爹哋你睇，連片皮鴨都有！三食先五十幾蚊，比 LA 平好多！」在洛杉磯要食片皮鴨三食，只有兩間專門店，而且要過百美鈔，這裏是半價加幣。

　　「你們也是美國來的？」鄰枱一對男女插話。

　　我望過去，女的穿了件羽絨，略胖，頭髮花白，卻掉了不少，微禿，看

上去是六七十。她的同伴顯然年輕得多，五十出頭的精悍漢子，只穿了件毛冷 T 恤，頭髮還很黑，額前的劉海卻染了一撮白，很「in」。

他們枱上放了盆直徑過呎大碟的龍蝦伊麵，另半隻白切雞，男的一面大嚼，一面說：「我哋就住喺邊境的布萊恩，揸車過嚟食晚飯，半粒鐘都唔使！」

女兒在手機上按了一會，悄悄語我：「呃人。Google 話要一小時車程，是個約二千人住嘅小鎮。」

我禮貌地點頭，男的卻一輪嘴不肯罷休，滔滔不絕地自說自話：說他少年時在香港無心向學，只顧學拳，常在街頭開片，去差館當食飯，會考零分，後來去倫敦升學，遇到他老婆，畢業後移居西雅圖……。

我正奇怪，萍水相逢的陌生人幹嗎透露自己的歷史？

「你信教嗎？」終於入正題了，我心道。

他邊吮著一件龍蝦殼，邊說：「我哋就因為信咗教，先有咁好日子，你睇，D 龍蝦真好味，我一星期都嚟兩三次，美國 D 中餐館邊有咁好嘢食！」

唉！同我講耶穌，真是班門弄斧！

我一九五〇年代初在鑽石山赤腳過街童歲月的時候，每逢星期日已識去教會食「耶穌奶油包」；一九五五年讀二年級，在太子道最宏偉的聖堂洗禮、領堅振；整個一九五〇年代的星期天都到教會康樂室讀漫畫雜誌，知道林肯解放黑奴，首次明白黑人牙齒特別白，因為喜歡咬甘草；高中三年讀天主教學校，同學們做輔祭，我當聖母軍。師範畢業後，在香港教了四十年書：道教學校一年，孔教學校三年，佛教學校六年，天主教學校八年，基督教學校十五年，主編天主教文藝月刊八年……，除了回教，我對所有的教會，都有深入的了解，確信全部教會都是導人向善的，問題是有些傳道人卻不擇手段

謀私利，惹人討厭。想不到如今七十幾還要聽陌生人講耶穌！

　　那位仁兄還繼續遊說：「你一定要信基督，我就肯定上天堂，你不信，一定死，一定落地獄！」

　　我們已進餐完畢，匆匆結賬離開，留下那位傳道人大快朵頤，食的不知是他的神賜的，還是教會出糧的，或者是教友奉獻的龍蝦和白切雞。

二〇一七年十二月

許榮輝

作者簡介

許榮輝，曾在香港新聞界長期擔任新聞翻譯工作，作品入選劉以鬯先生主編的《香港短篇小說百年精華》。近著《我的世紀》獲第十五屆香港中文文學雙年獎小說組首獎。

父親遺下的傷痛

父親一生跟我相處只有三個月。關於這一點，如果瞭解像我這樣的華僑家庭背景出身的人，不會感到奇怪。

總之，只有三個月。

那年我十四歲。

那是個陽光燦爛的日子，母親帶著我到啟德機場，接從那似乎很熟悉，其實極陌生的熱帶島國回來探親的父親。

（我對這個島國概念上很熟悉，因為從我懂事開始，就知道父親在這個島國謀生，會按時匯錢接濟我們。）

父親的瘦削和衰弱，是我事前沒有想像到的，只有在很艱難的環境下生活過來的人，才會有這樣的身量。父親的背脊顯然駝了，顯得他更加矮小。父親到底從事甚麼活兒，讓他挺不起腰來？當時我腦海裏浮現出這麼個幼稚的疑問。

母親把我拉到對她來說也很陌生的父親面前，要我叫聲父親。有這種經驗的孩子到底有多少呢？那是一件不知所措的事。

不知是不是我叫得太細聲了，我看到父親露出了一個很苦澀的笑，與其說他是在展露笑容，不如說是讓臉上的皺紋作一次舒展。

父親是來休養的，大部份時間病懨懨地躺在牀上度過。

父親的回來，實際效果是給我們帶來了不祥的訊息。他其實已虛弱得不能繼續在殘酷的生活戰場上征戰了。但是三個月的假期一到，他又啟程回到那個島國去了。在父親的觀念裏，那一定是因為「去」，已是他的一個不可推卸的責任。

去謀生。

父親以後就很少再匯款給我們了，以他的衰弱的身體，恐怕他連自己的生活也照顧不了了。我們得到父親音訊也大大減少。「重洋阻隔」在這種時候是很形象化的形容詞。

他是不是累得不想再提筆呢，還是他的境況已差得無話可說，不想讓我們知道甚麼了？人生到了一個無能為力的時候，情況可能都是這樣的。

我十六歲那年，父親逝世的消息傳來了。

逝世時沒有親人在身邊。

其實父輩那一代，很多人都是這樣的。

親情是最奇妙的事，它有著不可捉摸、無可抗拒的巨大力量。那個五月的黃昏，我放學回家，得知父親離開我們了，對著金黃色的夕陽餘暉。痛哭了起來。

父親從這個對他來說苦難重重的世界消失，不久就在我校服的口袋上留下了記號：一塊四四方方的黑紗布。母親在我們租來的那個小小房間裏，很小心剪了一塊黑紗布，然後用扣針扣在我胸前的口袋上。

在苦長的人生裏，父親一直是那麼遠遠地離開我們的生活圈子，現在，靠著這塊黑紗布，他回到我們的生活中來了。

我從母親的眼神裏領會到這一點。

現在，我跟父親是這麼親近，我戴著黑紗布上學，走在熙來攘往的路上，坐在公共交通工具裏。有時坐在不是太擠迫、行進緩慢的電車上，我會敏感地感覺到從甚麼角落飄來了眼神，像是在詢問：哪個最親的人離開了你了？

在忙碌的都市人中，這種能夠向我投來的目光，必然是慈祥、充滿憐憫的。

不！不！我在心裏會說，在血緣上我最親的人，在我出世時就不在我身邊的人，現在回到我的身邊來了。

我隱約感到母親為我換洗校服的次數多了。

母親往往在深夜的燈光下，以很肅穆的神情，把黑紗布整整齊齊地扣在我潔白的校服上，初時總是含著淚光。

父親的事情後來才逐漸知道多些。偶然，有被熱帶陽光曬得黧黑的番客到我家裏探訪，在他們的嘆息聲中，透露一點父親的生前事跡，對我們太珍貴了，講到艱難處，又引得母親每次總是垂淚。

番客就掉進了是說這些傷心事好呢，還是說些，比較好的處境。

甚麼安慰都來不及了。

「做人都是很苦的。」番客說。

聽說父親在最後的日子裏，是在冰廠裏工作。冰塊，在熱帶地方應該是很受歡迎的東西，可是年邁的父親在冰廠那樣艱苦的環境裏工作，他的生命的確是進入嚴冬了。

然而時光會把即使是最悲傷的情緒撫平。

母親也是一樣吧，她波濤般洶湧的情緒逐漸平復了。

可是我那時不知道，也不瞭解，母親的哀思正轉換成另一個形式來寄託情感，而這個情感永遠不會消退了。

情感是一件多麼奇怪的事。在父親生前，母親把對父親的感情掩飾得密密實實，生怕人家知道，但在父親逝世後，卻表現得轟轟烈烈而且持久。

老一輩人情感的表達，不知是不是都是這樣迂迴曲折的。

我的確不知道母親的哀思裏，已包括了更深更廣的內容。

在母親的沉痛中，必定忽視了我的內心也有個情感世界，而且在我的那個年齡，這個情感世界又是脆弱和微妙的。

人的情感世界脆弱，會產生很多可悲的故事，但也是最動人的。

我知道，已經有種情緒在我的內心慢慢地滋生著，最初是不自覺，或者是害怕面對，但我終於不得不以恐懼、不安、內疚的複雜情緒去窺探。

是在甚麼時候開始滋生的呢？是不是在我那個年齡就會有這種情緒，或是我與父親的感情根本就很淡薄，或是在我的生活環境中，開始有種令我生畏的奇異目光投了過來，或是甚麼其他原因？

十六、七歲的年齡，對陌生父親的哀思會消退得很快。

這裏面應該有很多原因。也許最重要的，是不夠成熟，還不能深刻體會父親的艱辛。

最初，我想，一個月後，我就不必戴孝了。我的確感到那一小塊四四方方的黑紗布，有著一種我可以覺察出來的重量。

我已不記得當我期待的日子過後，母親還是以專注的神情，把黑紗布扣在我的校服上，我的感覺是怎樣的。細節我真的不記得了。但有一件事我卻記得很清楚，我已經開始了一個很少人會經歷過的奇特的等待過程。

我已經不能從母親那裏確定我的戴孝期會在甚麼時候結束。我就等待著這個結束期的來臨。半年過後，我開始用我自己的方法來解決我的情緒問題，辦法雖是笨拙卻是直接的。我出了家門，就會到一個沒有人會注意我的偏僻地方，把黑紗布除了下來，裝在口袋裏，放學回家時，我又把黑紗布扣了上去。我奇怪母親為甚麼不曾注意到這其中的變化，因為到了後來我扣黑紗布時已是馬馬虎虎地應付了。

很可能母親已經知道了。她選擇了容許我這樣做。

但我記得那時我內心的不安和內疚，其實還有不快。我每一天都會自問，我這樣做是不是很錯呢？

我已不記得我為父親戴孝維持了多長時間，一定是一段長得我再也記不清楚的時間吧。但我卻記得我終於拒絕繼續戴孝的那個週末的晚上。

已經是深夜了，是我早就該入睡的時候了，但我睡不著，我看見母親又專心致志地把黑紗布別在洗得很潔白的校服上，那時不知是從哪裏來的一股衝動，突然開口說：

「媽，我要戴到甚麼時候？」

你可以想像母親抬起頭來望我時，那麼一副愕然的神情。

「同學總在問我，說你戴孝戴得這麼久，這一次是為誰戴？」我說著，忍不住哭了起來。

為甚麼會那樣激動？少年時期的那種真實情緒我不復記得了。

母親呆了很久，才慢吞吞地說：「那麼，就不要戴了。」

我那時無法明白，在母親看來，我不再戴孝，父親也就從我們的生活中消失了。

這聽來是一件微不足道的小事是不是？可是這是我們一家三口的傷痛。

在成年後，特別是在體味了人生後，我總是覺得，只有像我們經歷了那樣的人生，才會有那樣的感受。

想來，我的傷痛是最輕的，而我父母的傷痛卻是難以用筆墨來描繪了。

在我停止戴孝的一個星期後，母親突然病倒了，母親這次突如其來的病讓我留下了終生的記憶。

母親臉無血色地躺在牀上。在她不能起牀的那幾天，簡直是我災難性的幾天。

我不懂得照顧人，我只勉強煲了粥，煲了母親喜愛的麥片，可是整整兩天，母親滴水不入，她只瞪著茫然的雙眼問：「為甚麼會這樣呢？」

她是在問，為甚麼她會生病呢？

在長期貧困折磨下，母親的身體已是很羸弱，可是這樣的大病卻是從來也沒有過的。

一直在支持她的意志力已經崩潰了，這樣一來，災難性的身體崩潰就難以修復了。

人可以很堅強，也可以很脆弱，我在母親身上看到了這一點。

不久我就輟學了。父親的逝世注定我要繼承他的苦難，因為以我家那時困厄的處境，這樣的繼承是無可避免的。日後每當我聽說人生是公平的，我就會以淡淡的苦笑來回應。別說我個人所經歷的生活，就以我父母的人生遭遇，也往往使我不大能夠接受這種看法。

但我想，我是個性格溫和的人，我並沒有太大怨懟的情緒，我只是默默地努力來改善我的處境。

真正令我內疚和不安的是，曾經讓母親受到一次情感的重傷。

（入選劉以鬯先生主編：《香港短篇小說百年精華》）

都市愛情故事

茶餐廳

　　他們站在因天雨而顯得格外靜寂和灰暗的鬧市街道上。他們是那種不滿十五歲，其實還不大懂得愛，只是純粹開始被異性吸引的小情侶。

　　無論怎樣看，他們都不大像時下的都市少年少女，沒有那麼時髦，沒有從嬌生慣養的小康家庭出來的孩子的嬌氣。臉上未脫的稚氣是明顯的。奇妙的是，他們也有種似有似無的神韻，讓人看起來，他們在他們的這個年紀段，也有了相應的成熟程度了。這種成熟感，也許很大程度上受到父母感染，知道日子過得不寬裕而形成的。

　　那個少年，在這座繁華都市，衣著就顯得寒酸了。

　　他從皺巴巴的背包裏掏出了錢包，把錢包裏的幾張紙幣仔細地數著。錢顯然是不多的，這表現在他的數了一遍又一遍的困窘裏。

　　在整個過程中，小女孩都是靜靜地待在他的身邊，眼裏流露著憐愛的神色，乍看之下，真的很像是一對生活不大豐裕的小夫妻了。

　　男孩在她的耳邊說了些甚麼，小女孩的臉上綻開了一朵燦爛的笑。

　　雨還在下著，是毛毛雨。他們在交通燈亮起綠燈時，因沒有帶雨傘而急匆匆地手拉著手過馬路。

　　他們隨即走進一間小茶餐廳。

　　在他們以後漫長的一生裏，會不會記得這個溫馨而刻骨銘心的一刻？

　　縱使日後富貴了，像這溫馨的時刻，都不會常有。

　　因為曾擁有過這樣的時刻，要是偶爾想得起來，縱使一生日子都不大寬裕，也會帶來快樂的感覺。

冷戰

他們的冷戰已伸延到生活的每一個方面，由於已習慣了這樣的相處方式，即使有一方對另一方偶然表達了善意的關懷，也在不知不覺之間，幾乎毫無考慮，當是惡意。

這個時候，他們站在街邊。

就是在這樣的地方，由於他們之間已根深柢固的隔膜，也使得他們保持了一定的距離。只不過，還不至於完全喪失理智，他們知道他們之間保持的距離應該多大。

他說，你站過來一點，你已經站到馬路上去了。

她一聽到他的聲音，就有種出乎本能的厭惡。況且，他的口吻和他說話的內容，明顯是在管她的事。不禁惱怒了起來。

也許，可以說，這已經成了慣性。

這裏不危險。她沒好氣地回應說。

可是你站立的地方是馬路，哪個粗心大意的司機一不小心，把車尾一擺，隨時就會把你撞上了。

這裏很安全。

他真想上前去拉她一把，把她拉回安全地方。但他比誰都清楚，要是他真的上前去拉她，就會變成一場拉扯戰了。在當眾地方這樣拉扯，不會好看，而且變得更危險了，因為勢必是站在馬路上的拉扯。而且，他早知道會有怎樣的結果，他一定會敗得一塌糊塗。理由很簡單，只因為妻子對這種叫人尷尬或是叫人臉紅的事情，從來都不介意，甚至巴望著時不時就上演一場。

她無論在甚麼地方，任何場合，都會態度堅定地跟你糾纏不清，大幹一

場，絕不退讓。因為，她不止一次表示，這是她唯一對付他的武器了。

此時此地，他想起了這一些，竟然渾身都發抖了起來。

我做錯了甚麼？他曾經這樣問她。

太多了，數也數不清。

這個時候，他在想，現在最好有一輛車來撞她一下吧！

心裏頭剛剛浮起了這個念頭，整顆心都抖了幾下。

也許真的錯在我，我竟有這麼大的惡意。

可是，要是她真的給撞了，麻煩的還不是他自己嗎？

令人厭惡的冷戰能結束嗎？

只是那些司機，看到一個女人那麼無畏地，冒死站在路口，倒是特別小心，車速都減慢了下來。

渴睡

那時，程全已經失業了好一段日子。像很多失業漢，公園時常成了他的避難所，在裏面看遍各種招聘廣告，又在絕望的時候，抬頭遊目四顧。就是這樣，程全碰上了這個人。

一個因生活無著而徬徨的人，還會去注意一位與自己毫不相關的陌生人，必定有其原因。這個原因可能是，絕望的失業漢，對於一個即便明顯過著艱難日子的人，只因為他有工作，也會生出羨慕的感覺。

那時正值八月炎夏，到處都是熱浪滾滾，每個人都設法尋找可以避暑的地方。

真的沒有甚麼好去處了，就會到這個小公園。

小公園有個美麗名字，叫海濱公園。這個會引人幻想無限的名稱，小公園確實也擔得起。

公園面積委實不大，在這人口極之稠密的地區，卻是佔了個豪宅級別的無敵海景的極佳地段。它傍著維多利亞海港一塊長方形的空地而建，視野一覽無遺，一抬頭就是藍天碧海。

園裏有一棵幾人抱的參天大樹。

參天大樹算是園內的核心，圍繞著它，修築了一個圓型的、跟園內其他長板凳那樣高度的水泥圍欄。欄內積了厚厚的泥土，上面種植了青草，鮮花，老樹就有了膝下子孫滿堂的熱鬧氣氛。

有了肥沃泥土的滋潤，陽光充足，加上不必專靠老天爺，園內有專人以水喉水灌溉，老樹愈發呈現生機勃勃的樣子。

枝葉茂盛，投下了濃密樹蔭。

水泥圍欄的設計，可以讓遊人當椅坐。

那個身穿白色制服的中年漢是每天中午都準時來的。他的制服，叫人想到他是從事廚師之類的工作。

一來他就急不及待地在有濃密樹蔭的水泥圍欄上，選個位置躺下，把白色制服的鈕扣解開，露出了瘦削胸膛和白晰肚皮。

不一會兒，已傳來愜意的鼾聲，肚皮很均勻地起伏著。也許他真的太累了，加上飯氣攻心，很清爽的海風也應有助他進入夢鄉。

有時他也會改個睡姿，像胎兒那樣蜷曲著，身體的弧形，正與水泥圍欄的彎度吻合，看來睡得更舒服。

中年漢即使睡得再沉，雙手依然會時不時，像出於條件反射似的，往肚皮拍一拍，或往身體上的哪個部位捏一捏，像機械手臂，全自動的。

是參天大樹下青草叢裏滋生的螞蟻或不知名的小蟲，爬上圍欄咬他，不讓他睡得那麼灑脫。

即使睡得再香再甜，他總是很準時醒來，醒來後就顯得很忙碌，雙手在身體的這個部位抓抓，又往那個部位抓抓，最後他總是索性脫下了上衣，用力地揮著，拍打著自己身體，像是要抖掉甚麼。

臉上流露出來的，卻是很滿足的神態，近乎幸福了。

每一次都是這樣。

後來程全就不大到小公園去了。

那個一來倒頭就睡，沒有機會跟他打個招呼，因而一直都是陌生的人，還去公園嗎？程全不知道。

程全終於找到了一份工作，只能說是兼職，就是被人稱為信差的那麼一

類職位。現在的通訊設施很發達，但還是有些重要文件，需要專人傳遞。

這樣一來，程全就需要不時搭電車，到需要去的地方。

那一天，星期三，早上十點來鐘，電車並不擠迫。他登上一架東行電車，就被一對母女吸引住了。

讓母親抱在懷裏的女嬰睡得很沉。

凡是女嬰，都是嬌態十足，可愛得叫人憐惜。女嬰微張著肥嘟嘟的小嘴，似在夢中也不忘吸吮母親的乳頭。即使是約一歲大的嬰兒，大概也知道躺在母親懷裏是很安全的吧，睡得很安穩。電車行駛中的輕輕搖晃，起了搖籃作用，讓她睡得更甜。

最初，程全看見抱著嬰兒的母親低垂著頭，他以為她是在以母親慈愛的目光，凝視著寶貝。看得視線一秒鐘都捨不得離開。

過了一會兒，程全才發現，懷抱著嬰兒的母親，也在打瞌睡。

累極了的打工仔，坐上了交通工具，大概都會有過類似的渴睡經驗：渴睡到了極度，會完全失去自制，頭顱像千斤重，不斷地耷拉下去，到了低點極限，一個激靈，頭顱自動地猛然拉起，恢復原狀。不一會兒，頭顱再度耷拉下來，過了一會兒，又再度打了個激靈。

進入熟睡狀態，打著激靈時，身體不免一震，手裏拿著甚麼東西的話，隨時都要掉到地上。

懷抱著嬰兒的母親也有這樣一個過程。

這位母親緩緩地抬起頭來了，掃視著周圍，顯然是極力要驅趕睡魔。

很年輕，看來也就是二十五歲左右的樣子。

雙眼嚴重失神，眼神已失了聚焦的能力。一張明顯還很年輕的面龐上，

該有的神采全失。而且她確實生得很清秀，就特別顯出她此刻的疲態畢露。

蒼白的臉龐，黑眼圈已顯現，像是故意用濃墨繪上去的。

年輕母親剛勉強抬起頭來，艱難地睜開眼，很快又合上了，頭顱又低垂下去。

不過，這位母親的頭顱並沒有像其他渴睡者那樣，頭顱要一直低垂下去，直到打個激靈才出乎本能地驚醒過來。她從來都不允許自己到達這個極限。

她的頭顱只低垂到一半，就再緩緩地抬起頭來，失神的雙眼又睜開來。

很明顯，她的心裏是有所記掛的。

睡魔緊纏著她，考驗著她的意志力。

睜開眼的剎那，真的很難很難，需要千斤力。

她艱難地睜開眼，只是想看看懷中的寶寶。寶寶很安全地被抱在懷裏，她的頭顱又慢慢地低垂下去。

程全開始明白，像這個母親這樣的渴睡狀態，只要意志稍為鬆弛，隨時都會進入失去知覺般的昏睡，把外界的一切都撇開。

有時，她真的要向睡魔投降了，她的頭顱低垂下來，緊抱著嬰兒的雙手，慢慢地在鬆了。防線在崩潰。

程全想，在最危急的時候，他應該出手，幫手托著嬰兒。

但他沒有這樣的機會。

總會有兩種情況出現。

一是酣睡中的嬰兒身體，從母親懷裏開始向下滑，嬰兒感到不那麼舒服了，就會動一動。雖然只不過是些微的動靜，已足以驚動母親，母親就醒了。

母親在這樣的情形下，醒來的動作就顯得特別大，她把嬰兒抱得更緊了，雙手十指緊緊扣住。

但更多時候，她只是稍為把頭顱低垂下去，就再次很艱難地緩緩地抬起頭來。她睜開眼睛的次數，愈到後來，睡意愈難遏止的時候，就愈多。

一路掙扎過來，多艱難的行程。

到底這種狀態已歷經多長時間了呢？她的家，或說她的目的地，快到了嗎？程全為她著急。

是不是如人家所說的，每個嬰兒的手裏，都握著一根很細很細的線，卻非常神奇地，緊緊地牽引著母親的心？

程全看到的是，一個疲憊的母親，用全部母愛，在這樣一個不容有失的時刻，與睡魔進行驚心動魄的、不折不撓的拉扯。

也許可以說，真正驚心動魄的，是他，像在看一部驚悚電影。

那一天真可以說是巧遇。

程全在街口看見了他們，一家三口。一個他親眼見過的，三口都曾那麼疲累的一家人。

他們站在街口，等待著交通燈由紅轉綠。街的兩旁，等過馬路的人很多。

這回是男人把女嬰抱在臂彎，嬌小的女人緊跟其後。女嬰很精神，睡足了眠，她清澈而可愛的雙眼好奇地張望著周圍，好像預期著父親會把她帶到一個很好玩的地方。

在尋常街頭，混在這麼多的尋常人中間，這家人就顯得很尋常。

他們穿著的服飾，是滿街都可以看到的很普通的式款。他們有點漠然

的，幾近惘然的神色，也跟其他人差不多。

　　一個普通人家，只要你看見他們還有心情一起出來，很耐心地等在街口，臉上沒有焦慮的神色，步履一點也不急速，那麼，可以肯定地說，他們沒有太煩心的事，日子是過得去了。

　　程全看見父親臂彎裏的女嬰笑了。男人這時側著頭，跟女人說了幾句甚麼，女人的嘴角露出了淡淡的笑。

　　等到交通燈號紅轉綠，一家三口過了馬路，程全感到生活終於向這家三口開了綠燈，似乎在向這一家三口保證，以後都不再太難為他們了。都會為他們開綠燈。

　　程全望著一家人走遠了，他還依然沉浸在自己的思維裏。感到自己像是舒了一口氣來。

　　程全在遇上這一家三口後，真正明白了自己的一種感覺，這種感覺原本潛藏在他的潛意識裏，從來都不打算挖掘出來，因而這種體悟叫他大吃一驚。

　　程全原本以為他最羨慕的是那個男子，還有那個女人的渴睡，渴睡也是一種享受呀！

　　其實程全真正羨慕的是導致渴睡的那份勞累。一個人會勞累，意味著他有份牛工，有得捱。有得捱就保證日子可以過得去。

　　你看看這肯捱的一家。

　　千家萬戶的其中一家。

寫字與霓虹燈

一、

　　這是一種非同一般的活兒。

　　談妥生意後，很和善的藥房老闆望著他，笑呵呵地說，這可是一門獨市生意呀，語氣裏分明沒有絲毫嘲諷的意味，趙成的耳朵偏偏聽出了這樣的一層意思來。不知如何掩飾臉上露出的尷尬，也就跟著呵呵地笑了起來。就從那刻起，心裏起了疙瘩：還會有人做這種活兒嗎？

　　要是還有其他辦法，也不會找這條路走！

　　唉！那種幹活時間，是自己經過周密考慮後才選擇出來的。他對這條街店鋪的老闆說，最好是凌晨三、四點開工，天還未亮的時分。

　　最好是在你們開鋪之前，就把活兒做妥，以免妨礙你們做生意。然而最重要的考慮還是為自己，當然這部份的理由沒有說出來：凌晨時分，行人稀少。要是在日間熙來攘往的街上最繁忙時間幹活，有那個趕路的冒失鬼把他踏著的木梯一撞，整個人摔了下來，後果可是不堪設想的。最怕的是人癱倒在地上，只有圍觀的人，而沒有伸出援手的人，而肇事者已經遠去。

　　唉！還有叫他為難的謀生工具。

　　怕不會有那個自僱者，得負上這樣沉重的工具。

　　做這個活兒，不可或缺的，是一把比他的個子高出一倍有多的木梯；一個裝滿了清水的塑膠桶。至於其他清潔用的毛巾、清潔劑等，就不必細說了。

　　等到自己真的開始工作，就發現，自己找這個活兒來幹，真的瘋了。

二、

「爸，申請書簿津貼的表格，要填父親職業那一欄。」招仔說。

「……」

「還是填寫失業嗎？」

「……」

「那我填失業了。」

「填失業……」趙成低低而又深深地嘆了一口氣。

招仔抬起頭來，那眼神裏的詢問很清楚，要填其他的？

這孩子懂事了，正因為他懂事了，所以會傷了他的。

其實每當必須填寫父親職位這一欄，都是父子倆要過的一道難關，把父子都傷了。

這就是為甚麼趙成要急於謀一份工作。

為了比謀生更重要的事。

可是為自己籌劃了這份工作，他就感到，自己真的走到了絕路。

三、

個子矮矮的，爬到木梯頂上，有點像猴子。

其實他遠沒有猴子那般靈活。

早就知道自己畏高。小時候，站在四層高的唐樓天臺，向街道望，腳底

立即生了寒意，並且立即有了癱軟的感覺。畏高症並未隨著成長而改善。

挺立在木梯頂上操作，伸長了手臂，每個動作都必須小心翼翼，不能有分毫差錯。一直在心底裏警惕自己，從高梯上摔了下來，大清晨，有誰會發現？

除非是有警察剛好巡邏經過。

很糟！

身量小，要挺直腰板，才能接觸到那些字。

就扶著這些由銅鑄成的字作為支撐點吧。

感覺真的很特別。

接近了，才發現在地面看時不那麼大的字，湊到眼前，就像放在放大鏡下，變得很大了。

很久已未跟文字有這麼近距離的接觸。不但接觸了，還要為它們的一劃一撇，細細地加以擦抹，清潔，讓文字更加亮麗起來。

「國」、「隆」、「興」……，店名的筆劃原來都是那麼繁複，也許這樣看起來就較有氣勢，而且，把這二、三個字合拼起來，就有了很吉祥的意味。

為甚麼不記得小時候是否抄寫過這些文字？是不是因為這些文字太艱深？

唉！說甚麼？都是讀書少！

不能想得那麼多。

得全神貫注。

也不是嬌生慣養，怎麼擦了一會兒，手就酸痛了？

「鬼叫你窮呀，頂硬上啦！」

他的嘴角微微歪了一下，莫名其妙地擠出一個笑來。

四、

「功課做好了？招仔？」

「做好了。」

「默書默好了？」

「好不好，明天默書後才知道。」

「一會兒我跟你默書，溫習。」

「爸，你今天寫了多少字？」

「……」

「爸，你也要交功課嗎？」

「……」

能不交功課嗎？每個人都得為生活交足功課，一進了社會大學，就得更加拼命了。

「招仔，你得努力讀書，識多幾個字，我小時讀書少……」典型家長的口吻。但這真是趙成最希望對招仔說的話。

趙成想再說點甚麼，卻不知該怎樣說下去。

五、

　　不是不明白，這樣的工作，縱使擔驚受怕，並且以他的年紀，也已經顯得力不從心，會很辛苦，然而更可悲的是，就是做了這份工作，也不足以糊口。都是街坊生意，一家店鋪的招牌多久才得清潔一次？

　　那些笨重的謀生工具，使他連遠一點的生意也不能，也不敢接來做。

　　並不是不想做清潔工，只是市道這麼差，甚麼行業都人浮於事了。

　　自己都這把年紀了。

　　但只要他做得來，這類擦招牌的工作還是找得到的。

　　「老闆，市內的空氣污染，招牌是要時不時擦亮啦。」這樣的說詞實而不華，多數老闆都聽得進去。

　　而且價錢不但公道，簡直是低微啦！

　　也許可以到別的地區拉生意，然後跟清潔公司合作，配合他們的方便，送自己一程。不然，向清潔公司建議，作為它們的一個服務項目，工作由自己來做。

六、

　　「爸，爸，快來，好消息。」

　　招仔看到剛回來的父親，高聲地叫著，帶著了興奮。

　　「甚麼？」

「你看。」

唐樓的窗櫺鏽跡斑駁，趙成剛想叫住兒子，別靠過去，招仔已經伸手出去，指著對面燈火輝煌，看來已接近裝修完畢的食肆。

「爸，你又有新的地方可以寫字了。」

快開張的食肆規模頗大，店名的幾個大字由大紅紙蓋著，像幾張笑臉。這是逆市開張。

趙成看過食肆派發的宣傳單張，說是再過兩天就可以開張了。

二十四小時經營。

「……」

「爸，你真的喜歡寫字嗎？」

他默默地摸了招仔的頭。

「招仔，你寫好了字了嗎？……」

七、

已關了燈的房內突然亮了起來，剛要睡覺的父子不約而同從牀上彈了起來。

街外早已有了街燈，現在更是燈火通明。

父子憑著窗櫺，看得有點呆了。

食肆招牌上的大紅紙早已被揭去。

那些隔了整條街依然清楚可辨的店名，以鮮豔的紅色，不斷跳動著，閃

閃滅滅，叫人看了覺得目眩。

「爸，你看那些字真亮呀，亮得真叫人盲眼。爸，它們還需要請人擦亮嗎？」

八、

招仔再也無法像以往那樣，時間到了就入睡。

他現在就像為了過日子而焦慮的爸一樣，開始犯了失眠了。

關了燈的房裏就像電影院，有光影不斷閃動。

加上從街上傳來的嘈音，就像音響效果，就更加像在放映電影。

爸爸叫他睡，他索性睜開了眼睛。

「睡啦，睡啦，阿仔，你聽日仲要返學呀！……」

九、

倒霉的父親終於從街邊布疋攤檔老闆那裏，以很低廉價錢，買了一塊賣剩的幾乎已經沒有人要的布料。

布料掛上了窗上，就像立即變成了銀幕，布料上閃動的光影，在上映著一部不知叫甚麼名字的電影。

可是，情況總算好得多了。

只是，招仔從此不時就發著夢話。

「爸，好亮呀，好亮呀！。」

十、

「老闆，這座都市愈來愈污染了……我可以把你店鋪的招牌擦得很亮很亮……」

空氣污染。

噪音污染。

光污染。

很多很多的污染。

整個世界都嚴重染污了，地球人在肆意破壞自己生存的星球，未來的氣候會愈來愈熱……。

有關的新聞報導愈來愈多了。

趙成以往不太關心。

所有這些，離開他的生活還遠著哩。他還有更要緊的事要牽掛。

但他不得不牽掛了。

他還記得去年酷熱的日子。把全部窗子打開，招仔還不停地叫嚷。

「熱呀，熱呀。」

當那些叫他翻側難眠的日子再來臨的時候，他該怎樣辦呢？還可以把布料掛在窗上阻擋光影嗎？

氣溫會再打破歷史記錄嗎？

望著已經入睡的招仔，想著未來日子，趙成已發愁得難以入眠。

我這個現在才開始寫字的不出息的父親！

……

履歷表

姓名：

瑪麗亞……

燦爛陽光下，那些聚在公園、穿著鮮豔服裝、載歌載舞的女子中，要是有人突然扯高嗓子、帶著愉悅喊著：瑪麗亞！一定有人應著。她最有可能是菲律賓女子。

瑪麗亞只不過是一個最多人會起的，我們最經常會聽到的名字。要是我們聽到的名字叫努那、維拉瓦蒂，極可能就是印尼女子；被稱作納塔婭、葩柯妮的，大概就是泰國女子；至於莎達這樣的名字，很有機會是孟加拉女子。這些名字不像瑪麗亞那樣流行，易記，身份卻都一樣。

性別：

女。

這裏所指的性別，是別有深意的。這些離家別井、清一色的女子，命運有種夙命般的相同。只因性別符合需求，才會有這麼多名叫瑪麗亞或其他名字的女子，來到這座都市，或世界各大城市，從事於對她們來說性質大同小異的工作。

年齡：……

她們喜歡在公園或其他公眾場合舉行生日會。

在異鄉，沒有一個真正屬於自己的家了，沒有最親的家人了，只能靠在

異鄉結識的朋友們。朋友們為自己慶祝，自己為朋友們慶祝。

漫長的一年裏，當一回主角，其他時間當配角，但這已經很好了。機會難得，每個主角都會悉心打扮。雖然生日會意味著自己又大了一歲，但打扮後反而變得年輕了，至少感覺上是如此，因為難得的快樂。有的主角真的很年輕，打扮後就變得更加年輕了，愈加顯出了那份幼嫩。這樣幼嫩的孩子，就已離鄉別井，在喜悅中突然冒出來的一份傷感，常常也叫人卒不及防。較年邁的主角，打扮後突然多了一份活力，甚至多了一份陌生的美麗，也是叫人卒不及防的。更多的主角，年紀都差不多，因為差不多，產生共振的效果就更佳。既是用自己的愉悅來感染別人，也不知不覺沉浸在共振出來的巨大愉悅海洋裏。

國籍：

她們的國籍，表現出來永遠不會是抽象的，往往很具體，以特別形式表達出來，而且是群體的。在一塊空地，幾十個人圍繞成圈子，垂頭微閉著眼。一個很有領袖氣質的女子站在中間，手持聖經，在做主持，或在佈道？一看就知道她們是來自信奉基督教的菲律賓女子了。

更壯觀的場面：公園草地上，披著白色頭巾、擠得密密麻麻的女子，集體祈禱。遠遠望去，頓成了一片白色世界。沉寂而肅穆，聖潔而祥和。噢，是一群信奉回教的印尼女子。

地址：

在千千萬萬的家庭裏。

或者，更可能，在公眾電話亭裏，或者是更加方便的手機。

公眾電話亭的地方雖然細小，卻是一個巨大世界，一個她們可以笑和哭的傾訴地方。

手機好處在於可以獨處任何地方的一個小角落，向親人細訴心事。

婚姻狀況：

已婚。

要是已婚中年女子，她最牽掛在心頭的，必然是兒子。

就像她，一個來自社會低層的泰國母親。她用很無奈的聲音說，孩子不喜歡讀書，貪玩，結交了一些壞人。

你不擔心嗎？

怎麼不會擔心！

那麼你怎麼又來這裏打工？

沒有辦法，誰不希望看著自己的孩子好好成長？但一個人到了沒有辦法的地步，找條生路比甚麼都重要。現在他又長大幾歲了，無論如何都要找份工，或者做個學徒，跟人家做做裝修，甚麼的。

你的丈夫呢？他不管孩子嗎？

她苦笑了一下，卻沒有多說甚麼。

甚麼時候她的履歷表會改上：離婚、未婚、或再婚？

婚姻狀況：

未婚。

這對南亞年輕男女，每逢週末，要是晴朗的日子，總會結伴而來，到公共碼頭來觀賞海景。

也許不是結伴而來，而是那個外表看來總是忐忑不安、卻是很懃勤的男青年跟著而來。

兩人的個子都差不多，有著南亞典型的瘦小身材，膚色沉黑。年輕女子穿了襲花裙子，帶出很具異國風情的婀娜，這是在她身上才能找得到的獨特氣質。

花裙女子走在前頭，雙十年華，她所顯現出來的情迷意亂帶著了這個年紀常會看到的不知所措的意味。年輕男子緊跟在後頭，很殷勤地在說些甚麼。沒有人聽得懂他們的言語，因而他們的秘密即便是這麼公開，仍是沒有人可以聽得出來的秘密。

穿著 T 恤牛仔褲的年輕男子顯得沒有自信，他的有點忐忑不安的神情就像是國際語言，讓即使是旁人都看得出來。這一男一女有時似是在討價還價，可是這個價錢無法談得清楚，他們談的是無價的東西。真的是愛情嗎？

年輕男子緊跟在後，有時會作些努力，加快了幾步，跟花裙少女並肩了。他會側過面來，看著年輕女子的表情如何。

會不會有這樣的日子，他們的履歷表都填上：已婚。

郭麗容

作者簡介

郭麗容，小學閱讀芥川龍之介〈蜜柑〉，體會到無人注意的日常瑣事，都能撰寫成傑出的小說。中學投稿學生週報、文藝刊物；畢業後從事秘書工作。一九九七年八月赴美國堪薩斯大學進修外國文學及寫作。著有短篇小說集《某些生活日誌》（普普叢書，一九九七）及《探訪時間》（初文，二〇一九）。

城市慢慢的遠去

　　九龍城總給我寒冷、淒清的感覺。或許是因為小時候過年前，母親都帶我們幾兄弟姊妹去九龍城買新衣服，每次踏足那兒都是冬季氣候。由家走去九龍城約半小時，不用花錢乘車。傍晚時分，獅子石道便擺滿售賣衣服的攤子：恤衫、裙子、長褲、外套、風衣、睡袍。母親拖著我們由街頭逛到街尾，又由街尾逛到街頭。街道兩旁擺了不少大排檔，食客穿上厚厚的外套，脖子圍著頸巾，絨帽蓋到耳朵下。他們圍著吃火鍋、煲仔飯、臘味飯，一縷一縷熱氣冒升，不過升得比他們頭上高一點兒便給冷風吹散了。「……嗨……嗨……。」他們吃著，頻頻呼著氣。

　　回家途中，一個行人也沒有，只有母親、我們。入夜，風更加勁更加寒，雙手抓緊裝著新衣服的膠袋，唯恐放鬆半個指頭，衣服便給大風吹散在馬路上，沒法拾回來。

　　那時的冬天比現在的寒冷得多。

　　後來九龍城成為出口時裝店集中地，年輕人來買剪了牌子的名牌馬球衣和牛仔褲。當時我正在讀中學，經常去九龍城探望同學，他們住在賈炳達道、龍崗道、加林邊道。有一個住在九龍城寨。彷如一個惡夢，在窄長的樓梯上走，給兩旁灰黑的牆壁壓得喘不過氣來。走呀走呀的沒盡頭，終於看見遠遠的高處透出一圈澄黃的光。來到光源處，走進去，沒一扇窗，原來自己被困在一個木盒子裏，嚇得想大叫起來。這便是同學在九龍城寨的家。

　　中學畢業後，九龍城的出口店集中地給加連威老道替代。現今，它又以價廉的各地美食聞名，在一條小街上，可以找到泰國、馬來西亞、印度、中東、甚至希臘的食肆。九龍城雖然在轉變中，不過由於鄰近機場，樓宇高度受到管制，步伐比香港其他地區緩慢得多。一眼望去，全是矮矮的五、六層

高樓宇，天空低低的。

　　在龍崗道的郵局旁，還有代人寫信的攤子。雜貨店仍然是六、七十年代模式，穿著白背心的老闆坐在櫃面，無線電播出南音。小女孩遞上玻璃樽說：「要五塊錢生油。」老闆用長長的油勺在油缸盛出生油，把黃晃晃的液體倒進玻璃樽裏。小女孩雙手捧著盛滿生油的玻璃樽急急回家，母親等著來炒菜。雜貨店內，各樣的暹羅米、大陸米、澳洲米堆成金字塔型狀，近門處擺著大蒜、辣椒、豆豉、冰糖、鹹蛋、皮蛋，混雜成一種獨特的氣味。廚房也發出類似的氣味，令我想起一家人圍著吃飯的情景。

　　小時候夏天的傍晚，我們盛滿一碗飯菜，坐在門外的走廊吃，偶爾一陣風吹來，覺得很舒服。空氣中傳來無線電——我匆匆走入森林中，森林它一叢叢，我找不到他的行蹤，只看見樹搖動——我匆匆走入森林中，森林它一叢叢，我找不到他的行蹤，只聽到那南屏鐘……歌聲隨著炊煙飄浮，消失在很遠很遠的地方去。

　　當我在九龍城逛時，那消失在很遠很遠的地方去的，似乎又回來了。

　　灰爐，乘著夏天的晚風，在長長的走廊亂舞。我的鄰居家輝，站在走廊看夜色。

　　乞巧節的晚上，母親靠窗開了張方桌，桌上擺滿餅食、花生、桃、天津梨、龍眼，還有七姐盆，粉藍、淺黃、粉紅、粉綠、米白的衣紙，放眼嬌嫩的色彩。母親在走廊燒衣紙，把一疊疊薄薄的粉紙扔入鐵桶內，火舌亂竄，灰煙冒起，粉紙轉瞬化作灰爐。

　　窗前現出一張臉，是姊姊的朋友麗娥，她來找姊姊上天臺拜七姐。麗娥是姊姊朋友中最漂亮的，油亮的長髮束起，露出一張蛋臉，經常穿著當時流行的迷你裙和熱褲。她跟姊姊在製衣廠工作。

　　隔了兩晚，家輝的母親來找姊姊，說要請她飲茶，原來想姊姊介紹麗娥給家輝認識。家輝的母親說：「我的親戚不知介紹了多少個女子給他認識，他一個也不合意，眼尖到不得了。昨晚又有親戚說要介紹女朋友給他，他說不用了，以後也不用了。問他是否有了女朋友，他不答，問他是否看中了誰，又不作聲。今早再問他，他終於說喜歡上前兩晚來找你拜七姐的長髮大眼女孩子。」

　　她又說：「我的家輝很好仔，讀到中學三年級，他爸爸要他出來工作幫補家用，他不肯，要讀書。他一天不上工，他爸爸用雞毛掃打他，打到他手腳流血，終於一邊哭一邊上工廠去。現在已當上部門主管。」

　　他們約定，星期日在樓下的茶餐室，介紹家輝和麗娥認識。

　　六十年代在徙置大廈地下的茶餐室，多是二、三百呎的地方，左右靠牆三個卡座，中間兩張圓枱。近後門處作廚房，前門的麭包櫃放著新鮮出爐的蛋撻、菠蘿包、雞尾包、餐包。老闆坐在櫃面收錢。天花板裝上吊扇，地板是雙色的菱形階磚，鵝黃、柳綠相隔著。

　　家輝、麗娥、姊姊、家輝的母親坐在茶餐室最後的一個卡座。家輝和麗娥靠牆坐，面對面，雙腳踏著細細碎碎的階磚，一點黃，一點綠。「放工後，喜歡去甚麼地方消遣？」「聽無線電、看電影、逛街。」一點綠，一點黃，沒盡頭的延綿。「家裏有幾兄弟姊妹？」「一個妹妹，一個弟弟，你呢？」

吊扇旋轉著，一圈又一圈。

離開茶餐室，家輝和麗娥去公園逛了一會，然後看了一場電影。

他們相識了幾個星期，便打算結婚，家輝的妹妹都叫麗娥做阿嫂。

不過，不知為甚麼，他們沒有結婚，不久家輝一家人還搬走了。姊姊曾提過，麗娥的母親不喜歡家輝是潮州人。我想，也許是她母親反對，他們要分手。

在九龍城，還有很多五、六十年代的唐樓，外牆是雞蛋花的黃，樓梯也是同一色彩，左右兩邊加上墨綠色。經過這許多的歲月，磨損得發白了。踏上樓梯，彷彿會通去五、六十年代的粵語長片世界裏，那是一個只有黑、白、灰的世界。謝賢對嘉玲說：「我愛你就是因為我愛你，不是為了錢。」嘉玲背過臉：「我不信。」謝賢跪在地上作發誓狀：「天、地、良心，我愛你就是因為我愛你。」

——南屏晚鐘，隨風飄送，它吹呀吹醒我的相思夢⋯⋯。日子，再沒有無線電在走廊飄浮。

我坐在窗前做功課，抬頭看見一張俊俏的臉，家輝已是個二十五、六歲的男子。

他問：「你哥哥呢？」

「他還未放工。」

「他幾時才回來？」

「七、八點吧。」

　　他便走開了，我繼續做功課。想不到過了兩個多小時，家輝再出現窗前。哥哥已回家，他走出走廊跟家輝聊天。

　　「喂，很久沒見面，生活怎麼樣？」

　　家輝說：「結了婚，住在九龍城，有一個女兒，快一歲了。」

　　「還在漂染廠工作？」

　　「剛剛升了做副廠長。」

　　哥哥與家輝談了一會，他便走了。我沒有再看見他。

　　由於家輝住在九龍城，當我在九龍城，便很自然想起他和麗娥的故事。這或許才是我覺得九龍城寒冷而淒清的原因。

　　姊姊結婚後，我甚少看見麗娥。一個下午，家裏只有我一人，麗娥來了，一進門便說要借電話用。她一邊走去電話處，一邊自言自語：「等了他兩個鐘頭，還不見他來，不知是否發生意外。」

　　她撥通了電話，我聽到她低聲說：「……怎麼？沒有空，不來了……下個星期呢？再下個星期呢？……，啊，好，再見。」對方似乎想盡快收線。

　　麗娥放下電話筒，坐在沙發說：「搬了屋，改了名，又不通知我，害得我把電話簿上姓潘的逐個撥電話過去，撥了六、七天，才找到他。約他出來在樓下的茶餐室見面，坐不夠半個鐘頭便走了。昨晚再約他，他應承來的，現在又說有事，不知他怎麼搞的。」

　　麗娥說的是家輝，家輝來找哥哥的那天，原來是約了麗娥。

　　麗娥比以前胖了五十磅有多，長髮很久沒修剪過，蓬鬆的蓋著半張臉，身上是過時和不合身的衣服。姊姊說她沒有上班，整天在家吃、喝、睡、看

電視。

　　再隔了四、五年，姊姊說麗娥結婚了，給我看她的結婚照。她的丈夫是地盤工人，我看了照片一眼，覺得他跟家輝差得遠了。當麗娥十七歲時，除了家輝外，再沒有別的男子可以配得上她。

　　麗娥跟這個地盤工人結識了不夠六個月便結婚，「她有了身孕。」姊姊說。

　　「為甚麼當年她和家輝沒有結婚？」我趁機問，「真的是她的家庭反對嗎？」

　　「麗娥的媽媽的確不喜歡家輝是潮州人，怕她嫁了要捱苦，不過後來也由得麗娥了……。」

　　原來在他們準備結婚時，麗娥患了腦膜炎，痊癒後變得痴痴呆呆。重陽節那天，她母親買了燒鵝拜神，用碟子盛著放在枱上。

　　麗娥問：「阿媽，這是甚麼來？」

　　「燒鵝，妳沒吃過嗎？我常常買來給你們吃。」

　　「燒鵝？是吃的嗎？為甚麼買來吃？妳叫我做阿娥，不就是想吃我嗎？妳真是要把我吃下肚嗎？我不會給妳吃掉的！妳想吃我？好難了！」麗娥一手搶過燒鵝，用力丟出街上，還大喊著：「救命！救命呀！我阿媽要吃我呀！」

　　鄰居不知情委，叫了警察來。後來麗娥給關進青山精神病院。

　　幾個月後，麗娥從醫院出來，立即去找家輝，不過他的家人知道她患過精神病，要解除婚約，也不許她見家輝。麗娥便由早至晚呆在家輝的工廠大

門，候他出來見面，弄到他也害怕起來。家輝為了避開她，去大陸住了幾個月，他的家人同時安排遷居，後來更改了名字。

在茶餐室，吊扇在旋轉，雙腳踏著的仍是黃、綠相隔的細碎階磚。

「為甚麼搬了家，也不告訴我？」麗娥追問，輕輕踢了他左腳一下，他立即把腳收在椅下。

走在九龍城，當我看到某一戶的露臺晾著中學生的校服裙、少女愛穿的牛仔褲和卡通人物 T 恤，我便會想，這是否家輝的家。他的女兒快中學畢業了。

麗娥已是個中年婦人。她不會忘記十七歲時，第一次在茶餐室與家輝見面的情形。

當赤鱲角新機場啟用後，九龍城將會重新發展。那時由香港島望去九龍城區，據說會像紐約的曼赫頓。在矗立的摩天大廈之間，玻璃幕牆與陽光閃爍。「天、地、良心，我愛你就是因為我愛你。」這些句子將沒處停留。

有天，一切一切都會灰飛、煙滅。有天。

初刊於《滄浪》第三期，一九九五年十二月

兩個住在城市的女人

○

她和母親住在城市。

一

城市建在海島上。一幢一幢高聳的建築物夾雜一幢一幢低矮的建築物環繞海岸而建，依偎山脈爬上去，爬上去，海島變成一座城市。

城市的樓房多設有露臺，城市的人習慣把衣裳、被單晾曬在露臺上，沒有露臺的便把衣物掛在窗戶外、天臺、走廊、橫街。晴朗的日子，淨潔的衣裳、被單在藍空下飛揚。寒冷的日子，就算樓房的窗戶緊閉，就算街上只有稀疏寥落的行人，在強烈北風中舞動的衣物仍顯露城市的生氣。三月天時，城市上空白茫茫一片，濃霧沉下來，沉下來，沉至正開始發新芽的樹梢。這樣的氣候，衣裳晾過三整天仍濕答答的，用力會擰出水滴來。

二

晾曬在露臺和窗戶外的衣物給她一種安全感。

她上小學便開始經常單獨留在家裏，她的母親由早至晚在工廠工作。

她中午下課回家，便吃母親上班前為她準備的午飯，放在煲內的飯菜早已發涼。她吃完飯便洗碗、掃地、做功課。

　　然後她站在露臺，等候母親的身影在街角出現。下午的城市寂靜，特別在冬天，吹來海島的風強烈，除唬唬風聲外，便只有寂靜。她站在露臺看見的街道偶爾一兩個行人，只有晾曬在露臺的衣物顯示附近有人居住。如果露臺空洞洞，她會很害怕，這世界彷彿只剩下她一個人。

　　一個兩個三個四個小時過後，街燈一盞兩盞三盞亮起來，一圈一圈冰藍的光在漆黑的街道隱現。不久，母親的身影在街角出現，她手挽一籃子菜，是來準備晚飯和明天的午飯。她立即跑去開門，過了幾分鐘便看見母親走上樓梯，母親從籃子拿出生果給她吃。母親在廚房弄飯，她便吃生果，很多時候是橘子或蘋果，有時是香蕉或西瓜，有時是荔枝。

三

　　星期天，母親不用往工廠工作，帶她一起去街市買菜。街市給行人壓得黑黑的，她抓緊母親的手掌或衣襬，唯恐在擠迫雜亂的人群裏走失母親。大太陽下，菜攤帳篷、樓房、晾曬在窗外和路邊的衣裳和被單，投下深黑的影子在街道、牆壁和路人身上。她走著，看見自己的影子打在經過的路和牆上，在路人的腳上。滿街滿城都是影子。

　　在街市，母親會買玩具或圖書給她。她看見果攤擺賣彤紅的果子，叫母親買給她吃。夏天是荔枝的季節。有時母親會買給她吃，許多時候，母親說，荔枝不便宜，不可能經常買來吃啊。

四

　　她記得第一次吃的荔枝是父親帶回來的。父親是海員，一年才回家一次半次。他那次回家三兩天後又要離開城市。母親抱住她站在露臺看著父親在街道遠去，她喊叫：「爸！爸！」他聽不到，也不知道她們正在露臺看著他。父親的身影在街角消失時，她嗚哭起來。母親說，父親要上船工作賺錢養家啊。飯桌上的白瓷碟子放有幾顆吃剩的荔枝，鮮紅的外皮已發黑。母親抓了一顆，剝下外皮挖出果核，給她果肉吃，她吃著吃著便不哭了。

　　那是她最後一次吃父親買來的荔枝，他再沒有回家。母親從沒告訴她父親往哪裏去了，她也沒問母親，她想他在大海遇難死了。

五

　　荔枝是她最愛吃的水果，鮮紅的果皮包裹清甜多汁的雪白果肉。她上小學前一雙手可以抓三顆荔枝。

　　在城市販賣的荔枝多由鄰近的大陸運來。她的母親不是在城市出生，是在大陸出產荔枝聞名的鄉鎮。母親十七歲時，她的父親病逝，便來城市工作，把大部份薪金寄回家鄉供養母親和兩個弟弟。

　　母親在城市半個相熟的人也沒有，同屋的一個中年婦人見她孤零零，介紹她的侄兒給她認識，他是個海員。婦人對她說，一個年輕女子單獨在城市生活會孤苦無助，趕快嫁出去，讓丈夫照顧吧。她的侄兒工作很多年，攢積

了不少錢，大概足夠購買一個小住宅，不用愁以後的生活。

母親十八歲結婚，父親那年卅六歲。父親結婚後不久便上船工作，她在城市出生時，他正在海洋漂浮。

六

她見過母親的結婚禮服，彤紅色的，仲夏的荔枝那種紅；袖口、衣襟和裙襬綴上銀色滾花。禮服放在一個棕黑色皮箱內，壓著一張紅紙毛筆字的結婚證書。

那天陽光充沛，是曬棉被的好氣候，樓房對面的露臺正晾曬一張大紅龍鳳被袋，放肆地把周遭薰染得一片喜氣洋溢。

七

她看過母親在城市居住之前的照片。

那晚剛吃過飯，母親接到在家鄉的大弟打來的電話，他們的母親病逝了。她病了大半年，那一段日子，她經常說看見幾隻鬼魅蜷伏在牆角，伺機奪走她的魂魄。

母親聽完電話，找出她離開家鄉前夕與她的母親和弟弟拍的照片。一幀黑白照，中年婦人坐在籐椅上，站在右邊一個年輕女子、左邊兩個男孩。年

輕女子圓臉孔大眼睛，穿上碎花布衫攀帶黑布鞋，兩條粗辮子放在肩膊前。母親來到城市把辮子剪掉了。

八

但她從未見過父親的照片，家裏一幀父親的照片也沒有，甚至父母的結婚照也沒有。

她開始有另一個想法，父親不是在海洋溺斃，而是跟一個女人走了。父親在這個城市還是在別的城市結識那個女人？他們住在這個城市還是另一個城市？

她已記不起父親的樣子，要是有天遇上他，也不知道他是自己的父親。印象中的他是個高瘦的男子，彷彿在黑白的老電影裏，在城市繁盛街道行走的其中一個中年男人，那些男人身上總是淨色襯衫、素色西褲。他們要往哪裏去？他們還在這個城市嗎？有時候，她在街上撞見高瘦的中年男子，會多望一兩眼。

九

她推開睡房的窗，讓風吹進來。白色窗紗潑上數株淡紅蓮花，給風吹得起伏，宛如蓮花池水在流轉。她小時候聽過收音機播出的一首小調：荷花香，

新月上，荷花愛著素衣裳；花香哪得千日豔，桃花結子便枯黃。那一把嬌豔的女聲，有一段沒一段，從人家的露臺，從雜貨店，從裁縫店的收音機流瀉出來，隨風在城市半空散開去。

她恍恍惚惚睡著了。

街角一個小販在叫賣：「好甜荔枝哇！好甜荔枝哇！」果攤堆滿初夏的荔枝，鮮紅夾雜青綠。青綠是荔枝的葉子。

八

她十八歲中學畢業便在一間設計公司當文員，有餘錢去學她自幼想學的鋼琴。每個週末傍晚，她乘電車往鋼琴導師的家上課。她跳下電車，慢慢向他的住宅走去，太陽低低的，影子很淡很長。然後她看見他的家，露臺晾曬他的衣物，灰色和黑色的西褲，白色和淺藍的襯衫。

他的家很近碼頭，玻璃窗外是海港的景色，輪船、帆船、遊艇、木艇航過這邊來，航過那邊去。有時一些輪船駛得很近，近得她可以看見船上的乘客，船上的乘客大概也看見屋內的她和他，她覺得彷彿自己也在船上，在海港漂浮。

他的家瀰漫一股香煙的味道，當他靠近她，嗅到他身上的肥皂香氣。他觸摸她的手指時，她感覺到他的心在戰慄。但她感覺他很陌生似的，他離開這個城市十多年，回來才大半年。他離棄這個城市這麼多年，過去他曾觀賞多少次海港上空的煙花？

七

　　有一天她站在商店的帳篷下等候巴士回家，發覺右邊的候車人群其中的一個是鋼琴導師。她正考慮是否應該走上前向他打個招呼，一輛巴士靠站，他緊盯巴士向前走，他在她面前經過，但沒看見她。她看著他上巴士，看著巴士離去。巴士的終站是他家附近的碼頭。

　　她上了回家的巴士，坐在靠窗處，呆看街上來來往往的行人。她想，假如她沒跟他學習鋼琴，他只是街上其中一個陌生人罷了。

六

　　一個傍晚，她正在鋼琴導師的家上課，屋內只有叮叮咚咚的鋼琴聲。

　　突然，屋外似是灑落一把一把沙石，她往窗外看，原來落下豆大的雨，風翻起，雨點吹進屋裏，也把放在鋼琴架上的樂譜吹翻。他立即走去關窗，她也走去關上另一扇窗。強風和暴雨被關在窗戶外，屋內回復平靜。窗外的城市在突襲的豪雨下一片混亂，樓房的住客忙亂收下晾曬在露臺的衣物，街上的行人和小販奔走找避雨的地方，商店的帳篷下很快聚滿幢幢的人影。馬路的積水開始泛濫。

五

她看著城市；他看著她。

四

雨，很久仍未停止，他留她在家裏，一起聽他最喜歡的鋼琴唱片。

她乘電車回家，馬路兩邊的積水已大大減退，街道再次擠滿行人和小販，城市恢復驟雨前的狀態。她坐在電車上層，雨後吹來的風特別清涼。

這晚她回家晚了，一轉過街角便看見母親站在露臺等候她回來。她走上樓梯，母親早已給她打開門。

三

她愈來愈多時候留在導師的家裏聽唱片，也開始和他一起去聽音樂會。夏天將盡，他要往城市鄰近的大陸一趟。

他上船往大陸前，他和她在碼頭附近的餐室吃飯。坐在餐室清靜的角落，可以看見碼頭，有些船停泊在這個城市，有些船駛離這個城市。這天天色晴朗，風浪不大。她不時張望在碼頭工作的水手，他們都穿深藍水手服，膚色黝黑。

餐室的蛋撻剛出爐，他買了半打。他拿起兩件放入紙袋，準備在船上吃，留下四件在紙盒裏，著她帶回家。

　　她乘電車回家，盛載蛋撻的白色紙盒放在膝上仍感到微溫。看一看手錶，他的船該離開碼頭了。

　　電車緩慢向她的家駛去。

二

　　他乘搭的火車經過她母親出生的鄉鎮，他下車買了一籃荔枝。他回到城市，拎著荔枝去造訪她。她母親見到他，很高興，弄了一頓豐富晚飯。

　　他們在澄黃的燈光下吃飯。

　　他離去時，她和母親站在露臺，一直看著他在冰藍的街燈下漸漸遠去，然後在街角消失。

一

　　她和母親坐在露臺吃荔枝。母親說家鄉的荔枝特別清甜，果核也特別細。

　　母親吃了很多，桌上很快堆滿鮮紅的荔枝皮、棕黑果核。

　　夏天快要過去。

　　她感覺這晚天色似乎特別明亮，抬頭看，呀，夜空一個滿月。

○

她將和母親和一個男人住在城市。

初刊於《香港文學》總第一九一期，二〇〇〇年十一月

熱　風

　　終於，她聽到高跟鞋聲音從房東的劏房走出來，鐵閘嘩的一聲轟然拉上，沿走廊向升降機方向而去。

　　她一直半睡半醒，身體像貓一樣蜷伏在牀上，電風扇吹來又濕又悶的風。

　　她再賴牀片刻，睡眼惺忪，視線在身處的劏房游移。睡牀對正房門，靠門是僅可容身的廁所，就是為了一個獨立廁所，她租下這個房間。牀頭的雜物枱上，電風扇、手機、鬧鐘、護膚品、進修課本、借來的《辦公室相處不煩惱》。旁邊一張摺枱，放有水果、方包、水杯、碗筷。牀尾的一方，疊著一幢四個收納雜物的大膠箱，幾個衣架零落掛在牆上。

　　地板總是積聚一團團灰塵，給電風扇的風吹得打轉。

　　她儲足精神起牀，背心前後沾滿汗水，枕頭睡到濕了一片。放輕腳步走出房間，寸步艱難走過兩排劏房之間的狹窄走廊，地上擺滿拖鞋、雜物架。房東的房門慣常半開半閉，赤裸上身像一頭豬睡死在凹陷的沙發牀上。

　　她走到後門，取了掃帚、垃圾鏟返回房內。掃出一地頭髮，頭髮不知從哪裏飄過來，分不清楚是自己還是誰人的。

　　她把灰塵頭髮倒進後門的垃圾桶。聽到某個房間的新移民家庭，開始嘈嘈吵吵，他們的小孩，又用手機看卡通，普通話兒歌的聲浪，令人掩耳速逃。斜對面的房間，鄰人在牀上輾轉反側，「呀，呀，呀，呀。」

　　過去十數天換下來的衣服，開始發出異味。她坐到牀沿，逐件放進手拉車裏，內褲、胸圍分別放入網袋內。

　　脫下枕頭袋，翻開牀墊，脫下牀單，才發現一個牛皮紙袋塞在牀頭位置。公文袋年深日遠，破爛磨損。包著一本老舊的「香港沖印」3R相簿，封面

是一個少女電視藝員的甜美笑臉，依稀認得的面孔，記不起名字。十來幀黑白、彩色照片。唐衫老翁坐在籐椅上，旁邊白襯衫青年恭恭敬敬站著，口袋插一枝墨水筆。影樓拍攝，亭臺樓閣的佈景板，紙皮階磚砌成地板圖案。另一張，中學女生在禮堂表演土風舞，塗上眼影，手抓圓形鈴鼓高舉搖晃，彩色菲林照片褪了色。

她一一看過，想了一想。雜物柜上找出原子筆，草草寫下字條：盼房東代為聯絡，物歸原主，應是相當珍貴的紀念物。簽上自己的名字。

她準備妥當出門，臨行再考慮一刻，還是把相片簿留在柜上吧。

拉著手拉車離開劏房，鎖上門。緊握門把左右扭動一下，確定鎖上。

關上鐵閘，聽到升降機剛剛在這一層停下，她快步走去叫喊：「等等，等等！」升降機門已緩緩關上，在兩扇電梯門之間的空隙，一個瘦削的拾荒女人，眼光空洞回望走廊的她。

她沒有搶上去按停，在走廊呆看著升降機的跳燈，從六樓降落至地下，從地下爬升上頂層十二樓。升降機槽裏，傳來上落樓層呀呀呀呀的機械聲音。升降機終於在六樓停下，她踏進去，一陣垃圾的酸腐氣味。

走出大廈，清晨的天氣灼熱，戴上太陽帽。她聽聞有一間新開張的自助洗衣店，離這裏四個街口的一條橫街內，手拉車在凹凸不平的石屎下坡路上顛簸。

橫街的盡頭可見電車路軌、電纜，遠一處是半荒廢貨倉，再遠一處是零星貨輪漂浮的海港，海港灰濛濛。

整條橫街只有一間店鋪開門，亮出白色燈光。空無一人的自助洗衣店，右邊靠牆一排洗衣機、乾衣機，左邊放兩張木長椅，中間一張書桌大小的工

作木枱。她把手拉車放入店子最內裏的角落處。

　　她逐一打開自助洗衣機的機門，看一看、嗅一嗅機內的清潔狀況。開開、關關，終於揀了放在最內裏的一部。先用帶來的乾毛巾打圈抹一抹滾筒，從手拉車取出沾上汗漬的衣物，一一放進機內。首次光顧，她仔細依照貼在洗衣機上的步驟指引。關上洗衣機門，投入硬幣，按下開關。洗衣機開始運作，清水、梘液在滾筒內噴射。

　　她坐在木椅上休息，光潔明亮，慶幸可以在星期日早晨，一人獨佔整個空間。她打開背包，取出蘋果、番石榴、香蕉。用小刀把生果切小粒，放入玻璃餐盒。

　　一個黑西裝白裇衫的中年男子在門外路過，看看招牌，看看店內，行過幾步後又走回來，踏入店子，站在冷氣機風口底下，呼出一口氣。

　　他看看店內的裝潢，也看了看坐在角落處的她，自言自語：「這個位置，一直是吉鋪，都有好幾年了，想不到竟然有翻生的一日。」

　　他把斜背著的公事包除下，放在靠近門口的長椅上。

　　「之前是一間日本料理店，我第一次吃馬肉刺身，就在這間店，十年、八年前，香港幾難得才吃到馬肉刺身啊！日本空運到港。日本人吃馬肉歷史悠久，可以追溯到四五百年前的戰國時期，不過，始終有不少民族視馬匹為人類的夥伴，食馬肉是禁忌。」

　　他脫下西裝外套，露出一個小肚腩，解開裇衫最頂的鈕扣，皮膚將紅未黑。

　　「如此偏僻地點，只有質素極佳的食肆才可以做下去，當年是西環的隱世小店，老闆自視為高人，一直拒絕雜誌訪問，依然其門如市。門口掛有手

工木雕招牌，太河苑。」他的興緻突然高漲：「係，一字不漏，叫太河苑日本料理。有次同事帶我一齊來見識，客人不多，像今日潮流興的深夜食堂，座位向窗，喝一杯清酒，享受到不得了。」

他轉著腳步，內外兜了一個圈。他面向右邊由地下至天花貼牆的一排洗衣機、乾衣機，左右指劃：「這邊是一排卡座。」他轉向雜物房的位置：「這是洗手間、儲物室、雜物房。」他再轉半個圈，向她坐著的位置：「這是半開放式廚房，上面掛滿一排一排北海道鱈場蟹的鮮紅蟹殼。收銀機在這個位置。」然後面向門口：「這裏可以放兩張四人卡座窗口位。全店只能招呼十來個顧客，食材的確新鮮，吃刺身，就是吃它的特別鮮味，對嗎？不過，我最欣賞都是它的馬糞海膽，直接從北海道空運來港，想起也流口水。現在？現在，似乎沒有了，核輻射污染。」

他向著她說：「沒有啦，店主移民去臺灣。我跟店主夫婦一見如故，營業最後一晚，他們叫我去臺中重聚，我是他們的貴賓，哈哈。」

她一直避開他的目光。水果沙律做好了，玻璃餐盒滿滿的，果仁碎粒鋪在上面。她從紙袋取出兩片小麥方包，用小餐刀去掉方包的外皮，再直切兩刀，橫切兩刀，九宮格似的小塊麪包，拈起放入口咀嚼。一口水果、一口麪包。

他轉過身，喃喃自語：「現在是自助洗衣店當道，現在是自助洗衣店當道，五百萬新盤亦無處晾衫。」他逕自走到放公事包、西裝外套的長椅坐下。

他往街外看，注視走過的路人，寥寥可數。

街外漸漸嘈雜，附近的店鋪傳來拉開摺閘的刺耳嘩嘩聲響。

一隻垂頭喪氣的大狼狗，走入洗衣店內。男子逗牠玩，撫摸牠的頸背、

耳朵。牠不理睬，向女子走近，仰起頭嗅嗅她吃剩的食物。女子站起身，移步避開。男子的視線一直跟著狼狗，拍拍手掌：「狗狗，過來！」狼狗依然不看他一眼，施施然走出店外。男子笑罵：「一頭老狗。」

　　她返回坐在長椅上，繼續吃。吃過後，把水果核、方包皮、牙籤，用紙巾包好，摺得齊整放在一旁。一口一口喝下檸檬水。她從背包取出一本釘裝的黑白影印本，封面字體顯眼，*Practical Everyday English*，平放在大腿上翻看。

　　「妳真是好學啊，這個年代玩手機的人多，看書讀書的人少。」

　　她依然專注的看著翻著，手執鉛筆做筆記。

　　「啊，妳是幫小朋友補習英文？」

　　洗衣機滾筒翻動的聲音戛然停止。她放下影印本，走上前，先打開洗衣機上一格的乾衣機，仔細看一遍，用毛巾打圈抹一遍，把清洗妥當的衣物一把一把放入內裏。她背向他，用身體阻擋他的視線。投下硬幣，按下乾衣機的開關，觀察滾筒轉動。

　　他繼續向她說：「我好喜歡小朋友，我做過補習，後來發覺家長對男補習老師，特別有所顧忌，他們當然相信自己孩子。妳知道嗎？小朋友就是特別敏感、好多幻想。曾經有家長私下查看女兒短訊，發現女兒寄了一幀沙灘泳照給我，只是普通不過的泳照，他們竟然走上補習社大吵大鬧，又把我的相片放上網上討論區，我的工作就此完蛋啦。」

　　她坐回長椅上，胡亂翻開英文影印本，語氣調侃：「你看我的樣子，怎有資格幫人補習？我是在大學上班，做文職工作。」

　　她說話的聲音微弱，他要向她俯身才依稀聽到。

「啊，很好啊，大學環境好啊，妳認識很多大學生、很多教授？妳住在附近？」

「住在街市隔鄰的一座大廈，都是為了方便返工，節省交通費。我小時候住在西環，後來遷往屯門，一直好想搬回來。不過，住了一個多星期，不習慣，睡得很不好。以前住闊落的唐樓，現在住劏房，人多口雜，街坊街里都不打招呼。……」

「達哥，放完大假喇。」一把女聲在洗衣店外高叫。

他隨聲音轉頭望出外，街上一個穿行政套裝挽公事包的女子走進來。

男子立即站起來回喊，快步迎向女子：「相請不如偶遇呢，娜姐。」

女子站到通風口底下，迎著涼風：「怎麼不多放假兩天，天時暑熱，星期日都跑數？」

「大學星期一開學，想開多些學生租房的單，密食當三番嘛，妳那組人長期『爆數』，近來業績如何？」

「我呢，唉，日日被『捽數』，碰著的都是『稀客』，差不多兩個月了。」

「哈，妳豈不是只能支底薪？跟我一樣放了個悠長假期。」

「彼此彼此。」

他從放在椅上的公事包裏，掏出一個長方型的禮品，金黃花紙包裝，印有色彩斑爛的日本戰船圖案。「送給妳，原本是買來自己享受，私人沖繩直送的金楚糕，由琉球王國時代流傳下來的茶點，配一杯抹茶更妙。」

女子笑笑接過，隨手把盒子放在長椅上：「出外旅行，都不想返香港吧？」

「我在沖繩，每餐都大吃蒸籠豬肉、地道海膽，早上游泳，晚上浸溫泉，

快活過神仙。」

「我每次離開香港，就算去的不過海南島，感覺亦似由地獄上到天堂。」

他嘴角含笑，意氣風發。「這次我放假，心情特別好。告訴妳，放假前幾個禮拜一單生意都沒有，想不到有意外驚喜。兩個互不相識的客人，女的，今年入讀港大的新生，一個住天水圍，一個住元朗，各自找劏房，要環境清靜，方便溫習，預算只能付四千元。後生女不識世情，何來那麼便宜的事？誰知剛好有個租盤，水街的舊樓，天臺的加建石屋，四百來呎。我靈機一觸，撮合她們兩個合租，每人四千，正合乎她們的預算。其中一個說，要把家裏的鋼琴搬來，原來她兼職教授鋼琴，另一個喜歡唱歌，簡直天作之合。」

他繼續說：「天臺石屋相當簡陋，沒有獨立廁所、廚房，要跟同住頂樓業主一家共用，何等不方便，她們竟然無所謂，也沒想過講價。業主有兩個兒子，大仔有女朋友，細仔還未有，哈哈。」

女人笑笑：「我也曾經帶不少港漂、陸生看劏房，打開房門，他們便嫌這嫌那，怎麼房間這麼小啊？冰箱、洗衣機放哪裏？怎麼樓這樣舊？房租這麼貴？劏房確實難做，成交了經紀又能賺多少？」

「Exactly！待我繼續講下去。過了幾日，我帶一個新客上那棟舊樓看鎖匙盤，一層層樓梯行上去，隱約聽到天臺有人彈奏鋼琴，巴哈的 Prelude in C Major，我上中學曾經練習過。」他哼著旋律，提起雙手至腰間的高度，十隻手指像隔空彈琴般舞動。「嘿，這樣年輕的女子，節奏掌握得挺好。我站在樓梯暗角仰望，天花剝落，石屎露出鋼筋，四處積水滲漏，突然感慨，為甚麼她們要屈居在這邊邊的地方？天臺屋，烈日當空四十度，打風落雨又會浸壞鋼琴。」

他苦笑一下。「在劏房林立的舊樓，竟然聽到現場演奏的古典音樂，非常好笑，真的非常好笑，房租至少可以再漲一成，哈哈。年少時別人拍拖玩樂，自己兼職補習儲錢，就是為了學鋼琴交學費，閉門練琴，卻連校際比賽參賽的大門都走不進去。今日又如何？當個爛鬼地產經紀。當日如果不是客人催促，我會靜聽多一會琴聲，甚至沿樓梯登上天臺，可以聽得更清楚。」

他打開手機。「看，我偷拍兩個妹妹的照片，這個讀護理系、那個讀社會工作，都是很天真的女生，兩人也不問是否合得來，就傻呼呼答應合租。」

女人敷衍地「嗯」兩聲，掏出打火機把玩，突然察覺有個人影站在她背後，無聲無息，她往前挪開一步，讓背後拖著手拉車的女子走出門口。

沒有眼神接觸，只見那人的手拉車給門口的梯級絆住，險些翻倒，臉上似有一刹那的窘態，向山邊方向離開。

「怎麼了這個女人？嚇得我。」

「嗯，嗯。」

女人突然感嘆道：「跟緊個客，未有著落，兩個月食穀種。」

她走出洗衣店外抽煙，卻點不著火。男人出去替她點火，陪她一起抽煙，像門神，左右一個。

漫長的無言，女人呼出最後煙圈。獨自返入洗衣店內，歪坐木椅邊沿，雙腿內八字伸出，身向前傾，左肘按著大腿，以手支撐欲倒的頭顱，任長髮垂下遮去半邊容顏。

半晌，女人撥起額前蓬鬆的長髮，瞥見男子仍留在門外，他把煙蒂丟到地上，踩熄，皮鞋鞋底似已磨蝕掉了。男人整理並拉直西裝，精神抖擻，將手機舉到半空，向鏡頭微笑，拍一幀自拍照，看似要上載到社交網站。他兩

隻拇指不停按鍵，沒完沒了。

　　男人緊握手機的手終於垂下，放鬆，目光緩緩投向身處的橫街盡頭，他邁開腳步，向遠處一個路人的身影走去。

初刊於《城市文藝》總第九十一期，二〇一七年十月

馬爾他

她在九龍塘地鐵站下車，走上地面，遠處整個獅子山頭在眼前。

他昨天給她最後的 WhatsApp 訊息：「這是地圖，九龍塘 MTR 的 D 出口行十五分鐘。」

她趁餐廳午市與晚市之間的小休時間趕來，原本打算不在餐廳吃飯，不過今餐有她喜歡的日式洋蔥咖喱飯，匆忙吞下肚便從官塘趕來。在地鐵車廂內，急忙給對方短訊，她會遲到。她一直手握手機，等候對方回覆訊息。始終沒有。

一群藍色旗袍校服的女學生互相追逐嘻嘻哈哈直向她跑來，在她兩旁飛奔過去，其中一個朝她肩膀撞來，不顧而去，她的手機險些跌在地上。她轉頭向她們大罵一聲，笑聲更響，跑得更快。現在的女學生真令人失望啊，名校女學生的水準亦如此低下。

她按地圖走到一座老舊的白色樓房，大門入口處，她按對話機。無人應話。她給他短訊，說已在樓下，長頭髮，紮馬尾，黑裇衫黑牛仔褲。

她掏出香煙來抽，抽了半支後，再按一次對話機，依然沒有人應話。她再抽兩口，大門鐵閘「啪」一聲打開。她急忙大口連吸幾口，爬上四層樓梯。剛才餐廳的同事跟她說：「嘿，單身一個女子上陌生男人的家，是否有潛在危險？」她跟她們打賭：「我沒樣貌沒身材，一定會平安回來。」「他是要妳的錢呀！哈哈！」她跟著她們笑。

她彎腰，把煙蒂塞進門前一盆黃金葛的乾涸泥土裏。按門鈴，男人開門。她說，Hello，來交收手提黑膠唱盤的。

她踏入玄關，男人關上大門，「我去拿手提唱盤出來。」直向客廳走。客廳空蕩蕩，靠牆堆放一個接一個大小不一的木箱、紙皮箱。旁邊一角落放

一堆家居雜物，男人在那角落處，取出一個手提喼型的唱盤。

他走到開放式廚房，把唱盤重重地放到廚房的吧枱。「妳過來檢查一下。」

她由玄關走前兩步，涼鞋踏在地板發出噠噠聲。男人立即叫著：「唏，小姐，麻煩脫鞋，門口有拖鞋。」

她轉頭看了看玄關地上的拖鞋，都是灰白薄薄的，幾對歪歪斜斜堆疊，顯然從飛機上、從旅館裏順手取回來。

她停住身子，半彎腰，脫下左腳的涼鞋、脫下右腳的涼鞋，馬尾右、左擺動，赤腳向吧枱走去。

「勸告妳一聲，這星期常有搬運工人來把傢具入箱，小心地上有木刺、鐵釘。」

她走了幾步，站在吧枱前，把唱盤移到自己的面前細看。唱盤上面貼有一張黃色便利貼，寫有她的名字、聯絡電話、價錢。

復刻版的手提箱黑膠唱盤，是她一直喜歡的紅色外殼。陌生的歐美牌子，做工精細，比她在音樂連鎖店見到的更精美，提起來看機底，義大利製造。

「這部唱盤還很新淨。」

「接近全新，買了好幾年，在香港生活，哪裏可以擠出時間享受音樂？」

「有黑膠唱碟可以給我試聽？」

「當然有，有黑膠唱盤怎麼沒有黑膠唱碟？」

他往客廳同一角落的雜物堆裏去，雙手捧起放有十來張唱碟的透明塑膠箱，姿勢像捧著愛犬一樣，放到吧枱上。

她輕輕一張一張翻看，大部份還未開封，雙手卻沾滿灰塵。「有廣東歌嗎？」

「沒有，我從來不聽廣東歌，我老爸老媽的時代他們聽廣東歌，九十年代移民加拿大，幾箱唱片都給丟棄了。」

「嘩，現在可能值十幾萬，這一兩年廣東歌黑膠碟很值錢，張國榮的唱碟可以炒賣至三四千元。」

他的聲音突然高昂起來：「香港人的本性就是愛炒賣，炒股票、炒樓、炒地皮亦未嘗不可，炒賣唱碟賺那麼一百幾十，沾沾自喜，也真可憐。我這個唱盤出價五百，竟然有人壓價，回價三百。香港人吃一個自助餐，七、八百元都毫不吝嗇，買一個名牌唱盤，可以聽十年八載，竟然斤斤計較。唉，受不了香港人。」

他特意揀了一張，左手拿起封套，倒出內裏的唱碟，右手接著，單手把唱片放到轉盤上，姿勢生疏，最後終於把唱碟中央的圓孔插進軸心。扭開開關，唱碟旋轉，提起唱臂把唱針放到坑紋上，唱針放不準，發出「卡卡」聲響。

黑膠唱碟獨有的沙沙「炒豆」雜聲，一段結他音樂引子。（Yesterday yes a day like any day……alone again for everyday……seemed the same sad way to pass the day……）

她首次聽這首歌曲，情緒立即給音樂牽引起伏。女歌手的歌聲稚拙，纖細脆弱，卻散發夢幻般的透明感，不斷吟唱昨天如何，昨天如何，迴環往復，她隨之失神。

放在餐枱上的手提電話響起，男人走去取起，面向窗外接聽。「哈哈，你終於打電話給我！……誰通風報信給你啊？……哈哈哈！不出我所料。……還有兩個星期，十八號要飛了，一個當旺的日期，哈哈。……當然自置物業，住在 Sliema，頂樓，180 度全海景。」男子的背影，藍色馬球衫的衣領豎起、白色百慕達及膝褲。「……可能做老本行，也可能開間小店，這層樓我委托了地產經紀放售。……承你貴言，你夫婦隨時來 Malta 探望，

無任歡迎。」

　　窗口外邊是斜坡，斜坡盡頭是樹木茂密的公園，在臨近黃昏的光線底下，足球場上運動員的喝罵、叫囂隱約可聞。

　　男子講完電話，走回來。女歌手還在唱著，他提起唱臂，關上唱機。「這張唱碟，有個故事。幾年前我和老婆在馬爾他旅行，聽到這首歌由二手店傳出，在那一個 moment，我完全陶醉了，我走入去，似乎著了魔，毫不猶豫高價買下，回到香港才發覺家裏根本沒有黑膠唱盤。」

　　她說：「我一直想去馬爾代夫，游水、做 spa。」

　　男人微笑。「馬爾代夫在印度洋，馬爾他在地中海，是歐盟、英聯邦國家，我們移民的國家是馬爾他。」他咬緊最後三個字的音節。「馬爾他有地中海之珠的美譽，是世上有數的最快樂國家之一，我經常對朋友說，我們只是想去一塊可以過安樂生活的地方，哪裏可以吃安樂茶飯，哪裏便是我們的家。」

　　他突然有感而發：「這裏嘈喧巴閉，亂七八糟，通街的人吸煙，烏煙瘴氣，故意將煙噴到你臉上，還以為是活在香港的自由。」

　　門外有鎖匙聲，大門從外面打開，是男人的妻子和孩子回來。

　　妻子見到屋內有陌生的女子，化了淡妝的臉沉下來。男子連忙說：「來取唱盤的。」

　　小男孩叫了一聲 Daddy，直奔去放雜物的角落，跨上兒童三輪玩具單車，直向飯廳衝過來。

　　妻子叫著孩子：「Alexander！怎麼這樣沒禮貌？快叫一聲姐姐。」

　　孩子含糊說：「姨姨。」白色透明的矯視眼鏡把孩子瘦削的面孔遮了一

半。他踩著單車在女子身旁轉來轉去，再沿著房間走廊來來回回。

妻子把超級市場買來的兩大袋食物，放進雪櫃裏。

男人苦著臉。「壽司、沙律、芝士、法國麪包，今晚又是吃這些生冷食物？突然好想喝越南滴漏咖啡。」他跪下拉著踏單車的孩子說：「Alexander，我們今晚去吃你最喜歡的越南春捲、炸蝦餅，好不好？」

妻子說：「忙東忙西，何來空閒做飯？」又問道：「你今日做了些甚麼？」

男人向她交待：「不就是去了迷你倉一轉？儲存妳的幾箱東西，幼稚園畢業照片、小學畢業照片、中學畢業照片、大學畢業照片、家庭照片、一大箱的紀念冊、生日咭、聖誕咭、信件。妳說過，這些有紀念價值的物品一定要隨身帶，不能寄倉，不能海運，空運也不行。」

妻子冷冷地說：「夠了。」然後轉頭向孩子：「Alexander，怎麼這樣沒規矩？不准在人家面前轉來轉去。」

一直站在一旁的女子，掏出銀包，取出老闆給的一疊四張一百元，另外再掏出一張一百元，遞給他。「五百元，數一數。」

他收下，放在吧枱，用一隻酒杯的底部壓著。

他將手放在膠箱頂：「這箱唱碟，二百元全給妳，成交？」

她眼睛發亮，又暗下來。「是我提議老闆買這部紅色唱盤放在餐廳裏，不過沒有預算給我買唱碟。」

男人毫不考慮，把膠箱推給她：「全部給妳，免費！」

她一手挽手提唱盤、一手挽唱碟回到餐廳，把唱盤放到餐桌上，也掏出唱碟展示給同事看。

　　眾待應不認識唱碟封套上的歌手、歌曲，也沒有興趣知道。他們趁著晚市快開始之前，聚在後巷抽煙、玩手機、看劇集。

　　大廚兼老闆從廚房走出來，她趁機報告，唱碟全部從歐洲帶回來，品質上乘，香港不可能買到。他望了兩眼：「免費？超值啦！」便逕自從雪櫃取了兩包凍肉，回廚房裏去。

　　水吧吧枱上的雷射唱片機損毀多時，她獨自一人忙著把唱機、音響、電線搬去雜物房。騰出的空位擺放紅色黑膠唱盤，揀一個紅酒木箱放黑膠唱碟。

　　是日星期五的晚餐時段，不少枱子都預訂了，會是忙碌的一晚。

　　她拿抹布清潔水吧，倒掉垃圾，準備熱水機的水，再檢查茶杯碗碟全部乾淨齊全。整理身上制服，再拿毛巾洗個臉，重新紮起頭髮。

　　顧客陸續到來，開始她的忙碌時間，熱飲、冷飲，雙手做個不停。首輪顧客的飲品終於妥當了，有些許空閒時間。

　　她打開唱盤，隨意揀一張唱碟放在轉盤上，調較吧枱的燈光。（Wasted and wounded……It ain't what the moon did……I've got what I paid for now……）

　　她聽不懂大部份英文歌詞的意思，男歌手一開腔娓娓道來，沙啞而蒼老，她自然有想哭的感覺。

　　她靜觀餐廳的客人。最近的一張餐枱是一對中年夫婦。妻子右手用叉子捲起義大利麵條，放入塗著豔紅口紅的嘴裏，低頭盯著左手握著的手機。坐在對面的丈夫，枱上一隻酒杯，獨自喝紅酒，酒瓶剩下半支，碟子上剩下半塊牛扒。（……to go waltzing Matilda, waltzing Matilda）

　　他們對面的餐枱，年輕夫婦及一對子女，放滿一枱食物、飲品。妻子與

女孩共坐，都是低頭盯著手機。丈夫與兒子共坐，兒子放平板電腦在枱面，用手指劃著劃著。只有丈夫獨自在吃，把一匙匙義大利燉飯放入口，吃了幾匙，也掏出手機來看，都是靜靜的。（……go, waltzing Matilda, waltzing Matilda）

突然，客人最多的一枱爆出掌聲與笑聲，全餐廳的人都向他們望去。他們開始唱生日歌，一群畢業的男女同學為其中一位慶祝。他們當中有人用手機拍影片，有人給蛋糕、食物拍照片，有人自拍，閃呀閃呀閃呀。他們前後排在一起，歡樂地叫待應給他們拍集體照，喧囂繼續。（……waltzing Matilda, waltzing Matilda）

女待應手托一盤剛剛收拾的杯碟刀叉走到吧枱，委屈地對她說，那西裝男人投訴凍檸檬茶淡而無味，我提議另泡一杯給他，他搖頭不語，用手勢示意立即結賬埋單，他把賬單碟子上找贖的一元、兩元，逐枚逐枚取回。「明明不是我的錯，為甚麼我要受氣？」走開去了。

唱碟底面兩面轉完，她關了唱機。取了掛在枱邊的女洗手間鎖匙，走出餐廳小休一刻。她在暗黑的後巷打開手機，看看 WhatsApp 有沒有給她的新訊息。沒有。她緩緩噴出一口香煙，腦海閃現一個想法，她要離開這裏。她不清楚自己要去怎麼樣的一個地方、幹甚麼工作、周圍是怎麼樣的人。她會離開，她知道，只要這樣想，她必然可以離去。

初刊於《香港文學》總三九七期，二〇一八年一月

麥華嵩

作者簡介

麥華嵩，香港出生、長大，刻下在英國工作。大學畢業後愛上寫作，發表過散文、小說，及古典音樂與藝術評賞。著有散文集《觀海存照》、《眸中風景》、《明月與賞月的人》，長篇小說《天方茶餐廳夜譚》、《海角‧孤舟》、藝術欣賞隨筆集《極端之間的徘徊》，古典音樂小史及隨筆集《永恆的瞬間》等。

燃燒的小屋

小時候，他家有一個後園，後園有一間小屋；他媽媽曾跟他說，那是他父親鋸出一截又一截木頭，一手一腳搭建而成的。後來他發現，其實他爸爸是指點一隊工匠，吩咐他們按要求建成小屋的。

「不要走過去！父親在寫作，我們不得騷擾他！」

在他成長的日子裏，小屋在他心中有神聖的地位。他聽得媽媽最多說的話，就是他不得走近小屋，因為父親在寫作。媽媽一直叮囑他不要說「爸爸」，而要說「父親」；但他開始唸幼稚園時，聽到同學都叫「爸爸」、「爸爸」，自己也學著叫「爸爸」了。媽媽嘗試過改正他好幾次，語氣還是挺嚴厲的，他卻拿這個稱謂的爭拗來撒嬌；媽媽很容易心軟，也就讓他叫下去，只是她自己仍會說「你的父親」，一直到他長大後都如是。

爸爸是一個著名作家，寫過一系列又一系列叫好叫座的偵探和科幻小說，無論一般讀者還是文學專家，都讚賞它們想像力豐富兼情節緊湊，更認為當中的代表作對人性有極之深入的挖掘與洞察。他自有記憶的時候起，媽媽就在對他說，他要為自己的父親而驕傲。他特別記得有一幕：他媽媽蹲在他跟前，兩眼流著淚柔聲告訴他：他的父親是一位偉人，他要記著，無論如何都要記著！然後就摟緊他，默不作聲了好一會兒。他已忘了之前和之後發生了甚麼事。

他小時對爸爸的印象，比起對於媽媽，要模糊多了。媽媽帶他上學、接他放學，課外活動也一樣，回到家就跟他溫習功課、督促他做習作，一天到晚為他吃的穿的而忙碌。爸爸卻總是在小屋裏，很少理會他。他最有機會見到爸爸的場合，是一家人圍桌吃飯的時候；爸爸經常出外吃飯，媽媽說，他是要出席宴會見他的編輯和讀者，因為爸爸是很受歡迎的！要是剛巧有一

天，爸爸晚飯在家，他就高興極了；他爸爸會坐在飯桌的主人位，他媽媽會像個戰戰兢兢的僕人服侍爸爸。爸爸倒是不怎麼嚴肅的，還常常逗他笑：他記得有一次，他爸爸一手拿著一隻匙子，將一粒肉丸從一隻匙子拋到另一隻又拋回去，令他笑得差點連口裏的食物都吐出了！然後，爸爸嘗試同時拋兩個肉丸，像玩雜技，誰知一開始就失敗，肉丸散落桌上，令他笑得不住咳嗽，媽媽隨即摟著他要他鎮靜。他很記得，那一刻，媽媽以一個很異樣、他難以理解的眼神，向爸爸瞪了一眼。他爸爸登時乾咳一聲，收斂了。

　　他自小喜歡流連後園，部份原因正是媽媽叫他不要接近後園的小屋，令他心癢。後園是一個狹長的長方形，大屋在長邊的一端，小屋在另一端；後園約有小屋的四、五倍那麼大，除了幾叢媽媽閒時培植的百合和丁香，和部份環繞小屋的矮樹之外，大部份是草地，草地上有一個小鞦韆和一張兒童彈牀。他常常獨個兒在裏邊玩；偶爾，爸爸會自小屋走出來——尤其當爸爸送別他在小屋裏見完面的朋友後——很開懷地和他嬉耍。他尤其喜歡坐在鞦韆上讓爸爸推，彷彿他可以飛得高高、觸到藍天似的。他再長大幾年之後，愛上了踢球，後園總是零落放著些皮球，還有一個他自己粗糙地用木條搭成的龍門。他會自己盤球射球，還問媽媽：可不可以請一兩個好朋友過來練習？媽媽卻皺起眉頭說：不好，會打擾父親！爸爸倒是繼續偶爾出來跟他玩；爸爸是個劣極的守門員！

　　但他還是見不到爸爸的時間多。他的睡房向著後園；每當到了晚上，他臨睡前自窗口眺望，會看見小屋燈火通明，像黑暗中一個寶匣，小屋的窗口讓寶匣裏奇鑽的精光——爸爸天才的綻放——投射四方。他有時看見人影掠過窗前，就會想像爸爸在小屋裏環迴踱步，尋找靈感。有幾次，他特意探頭

窗外，很朦朧地聽到一些人聲：爸爸一定是在朗讀自己的稿子了，又是一篇絕妙的新作！

時日推移。他漸漸長大，開始觀察這個世界，觀察世界表相下蠢動的暗流。就在那些不常出現但年月中亦已積累多次的、爸爸在家的晚餐裏，媽媽的緘默與緊張，她的閃縮而奇怪的眼神，還有爸爸在嘻哈幽默的從容之下好像掩飾著甚麼，都讓他留意到，都引起成長中的他的好奇。他瞇起心眼細想；他要明白。別的同學的爸爸不會給捧到後園小屋的神壇去，為甚麼他的家如此？

終於有一個早上，他鼓起勇氣，做了一件他自小就被媽媽萬分告誡不要做的事。他走近神壇。

當時，爸爸出了去，媽媽患了嚴重感冒，在房間酣睡著。他放輕腳步，躡足至小屋門口。

他扭動門柄，但發現門給上鎖了。

他於是繞著小屋走，走到一扇窗前。他的高度剛容得他以下巴倚著窗櫺，看進去。

他最先見到屋內的一邊有一張小桌，小桌上有枱燈和一部電腦，電腦旁有一些書。

小桌左側，是一個額外有牆圍繞的角落：是小屋中一個更小的房間。房間的門開著，讓他勉強看出房內有一張浴簾和一個水龍頭。

他的視線移離小桌和浴室。

他看見一張牀，牀上有一團被。

被忽然動起來；他這時才分辨得出，被裏著一個人。

人挪動，頭往他的方向轉；是一個酣睡中的年輕女子——不是他媽媽的女子。

他嚇得自窗邊退開，內心砰砰跳動。

那一刻，他突然進入了成年人的世界。

他隨即為他看見的一切尋覓解釋，卻發現答案很容易就找得到：報章媒體以至整個互聯網，到處都是他爸爸的風流史的花邊新聞。他明白了：他和媽媽對爸爸來說，只是傭人、寵物、附屬品。他的家是他爸爸以暢銷小說的豐厚收入買回來的遮頭瓦，以及帶不同女人溫存的方便處所——至少比酒店方便。

他記得了。小時見過爸爸送別的朋友，大部份都是女人，有些還是頗為濃妝豔抹的。有報導說，他爸爸很不擇食，除了文藝界的女粉絲、上流社會愛收集天才的富婆等等之外，連妓女也有所涉獵。

很快他就得出一個結論：他爸爸這些年來唯一沒操過的女人，是他的媽媽。

他後來知道他錯了：他爸爸有時也會像皇帝偶爾回頭寵幸冷宮妃子一樣找他媽媽，他媽媽還會很欣喜，只是事後會更失落。有好些晚上，深夜裏，他媽媽以為他睡著時，會偷偷走進小屋；又或者，爸爸會過來大屋找媽媽。他漸漸習慣到了晚上只會裝睡，關掉了房燈卻不讓自己合上眼，等待著。他於是偷聽到了他爸媽好幾次的爭吵，還有他媽媽痛苦的悶叫——第二天，他會看出，他媽媽臉上、頸上，或臂上，會有一片兩片暗瘀的地方；他媽媽當天會特別沉默，比平日更沉默，而在沉默之中，他會看出她堅持忍耐著，不讓自己爆發。

他於是模仿他媽媽，將燃燒的恨意都隱藏在心裏。他甚至繼續裝作若無其事的在後園流連，見了爸爸還會跟他寒暄、打球。

終於到了一個晚上，他躲在後園一角，看見爸爸開了後園的木門，帶了一個女人進去小屋裏。他冷冷地、耐心地等候二人激烈一番；待到小屋的燈光熄滅，人聲靜下，他就拿出早已預備好的一大罐汽油，往小屋周遭傾倒，再點火。

他爸爸的慘叫聲，還有那個他完全不認識的女子的慘叫聲，和火焰的窸窣，以及黑夜裏熊熊接天的火光交織成而成的聲色共鳴，對他那顆黑暗而熾烈的少年心來說，竟是美妙不已的音樂。

警察只管往他爸爸的大堆情債找線索，也問過他媽媽——卻只是跟他談了兩句就放過他。

爸爸死後，媽媽一落千丈，變得抑鬱、瘋顛，不出兩年就憂憤而死，死前還在喃喃唸著爸爸的名字。他撲到他媽媽懷裏，歇斯底里、呼天搶地的哭（他在爸爸的喪禮上只強迫自己掉出幾滴眼淚——是為了避免嫌疑才不得不掉的），要幾個人合力才能將他拉離媽媽的遺體。

接著，他活了一段混亂而到處碰壁的成長年代，犯過案、加入過匪幫，坐過一年半載的牢。

監獄裏，他發現自己喜歡寫作；他漸漸成為鋒芒畢露的作家。

多年後，人人都說，他的著作比他爸爸的還要好，因為它們全都有一股狂怒的張力。

人人也說，他的私生活比他的爸爸更荒唐。彷彿，他連操過的女人的數目，都要超越他爸爸。

　　唯一的不同——這是他一生矢志不渝地遵從的——是他一直沒有和任何女人有長期的繾綣，一直沒有結婚。

初刊於《聲韻詩刊》總第三十七期，二〇一七年八月

穿林亭的沉默

我回望：原來弟弟停了下來，在橋上凝看粼粼的湖水。風光確是很美；江南的園林名不虛傳。小湖反照晴陽的片片金光，與水中的楊柳綠影渾融如畫。

而我還以為弟弟追不上。

我仍然忍不住調侃：「嗨！看自己的俊臉看得入神了？」

弟弟抬頭笑說：「不，不，頭髮都沒了一半，怎麼俊？！」

他急忙向我跑過來。我也急忙跑開去。

就像小時我們玩。他總是要做賊，要我做兵，我要去追他，一邊跑一邊笑嘻嘻；我小時有點兒哮喘的毛病，爸媽總囉嗦我不要跑，卻又不會叫弟弟不要在我身邊嗡嗡嗡的嚷著要兵捉賊。

是的。爸媽和我，那時都溺愛弟弟。

都是幾十年前的事了。

現在輪到我被追。

但我走了兩步就慢下來，等弟弟。

「這園林很是不錯。甚麼秀雅風致、翠竹茂林、奇石崢嶸……我們小時唸中文課的文言文，記得嗎？」弟弟說。

「哦，都忘了！還是你記性好。」

我沒望著弟弟，也可以感受到他臉上稍稍扭曲的眼與嘴——他的苦笑。我於是更不敢望弟弟。

我顧左右而言他：「真巧，我們在同一個城市。」卻沒說：幾十年來，我倆一直同在另一個城市——我們的家，卻總是避開對方。

「世界級的出版展啊，我們是同行嘛。」

「對，對。」我感到又說錯話了。

弟弟很若無其事地繼續：「我自己很少親自到來。我不愛到處跑，以往都是叫同事做我的代表，反正年年差不多，都是打點攤檔。這趟是興之所至吧。爸媽沒帶過我們到這裏，我長大了不愛動，之前也不曾過來。」

我想說：我是每次都來，哪管它是在窮鄉僻壤還是國際都會辦，因為要推銷自己的新書，無論是廚師神探系列還是奇幻星旅系列，總得見讀者、簽名……一盤生意嘛。但我沒說出口，只附和他：

「對啊，爸媽沒帶過我們到這裏。」

弟弟卻沒答話──我們的閒聊戛然而止──只徑自往前走，直至不遠處一個柳蔭圍繞的小亭。

小亭雖小，但每分每寸都是工藝珍寶：木柱樸質樸中帶光亮色澤，木欄杆和木窗花玲瓏巧究，瓦檐曲瀉飛逸。一時之間，我怯於走進亭裏去，只怕自己區區凡人，會糟蹋了眼前的完美。但我們周遭的遊人可沒介懷，還要是一伙跟另一伙爭先竄入。我心中竟也漸漸滋生不要墮後的念頭，想跟著大夥兒……

弟弟卻很入神地、孤獨地站在一塊木牌跟前，看看木牌又看看小亭，完全忘掉身邊其他一切。他小時也是同樣的脾性：你給他一本書，他愛讀的話就會一頭栽進裏面，外面世界隨即消失。

我走近弟弟，也和他一起看木牌：都是些解釋小亭建築由來的文字。

「穿林亭。」我說。

「就是了。」弟弟說。「『莫聽穿林打葉聲，何妨吟嘯且徐行。』蘇東坡寫的。我們小時都唸過。」

「很模糊。快忘了。」

弟弟轉頭瞪著我笑說：「不要胡扯了，大作家！」

我不知道他是諷刺還是真的不相信。

弟弟又一次凝神默讀木牌上的解說。其實不過是幾行字，為甚麼看了又看？

他沉聲說：

「哥，這亭建於一八四七年。鴉片戰爭之後五年。香港正式成為殖民地是鴉片戰爭之後一年。天，我的歷史從來都很好，年年都 A。」

我笑說：「我記得，你這小毛頭只會死背書。甚麼年份都記到今天……」

「你卻是甚麼都胡謅瞎編！小說家嘛！」

他是有心還是無意挖苦？

他自顧說：

「我的歷史就是太好。我總是記得。亭子太美了，無論遊客如何多，如何吵，如何沒禮貌，我還是應該感到詩情畫意的。應該，應該，無論甚麼事，我總是先想到應該不應該。我不應該想起亭子建在鴉片戰爭之後五年，但我還是想起了、記得了。不只想起，我還會在腦袋裏重演歷史。千千萬萬人活在一個落後、自我封閉的國家，百分之九十九點九九的人，一天到晚汗流浹背做粗活，只有丁點兒的人有福氣在亭子裏吟詩作對。海岸上，卻是虎視眈眈的紅鬚綠眼，他們都爭著打你的主意。紅鬚綠眼看不起千千萬萬人，將千千萬萬人瞧作落後土著，總之有槍和會說雞腸語的才是優越種族，槍就當年的高科技武器！」

「我心裏看到的，就像黑白電影，粗質感、很古老的那種，鏡頭前的木

匠辛勤地刨削、雕花，將一椿一椿的木頭變作中華文明的瑰寶。影片中的木匠都是沒有臉龐的，因為他們的臉龐都一味注視木頭，不會被鏡頭拍到。無名的藝術英雄！他們的心血傑作，成了官紳貴胄和文人雅士吟風弄月、自我封閉的園林夢鄉。那邊廂呢——還不是亭子建成時的那邊廂，而是五年前的那邊廂：大炮大船如入無人之境，抵擋的除了心口有一個『勇』字就甚麼都沒有，落得死傷無數、割地陪款。屈辱之後五年，人口中百分之零點零一的社會棟樑繼續躲在穿林亭喝酒賞月，競賽誰的詠月五言最像李白，都是君子之爭，很有文化的！」

我拍拍弟弟的胳膊說：「嗨，不要多說了，走吧。」

但弟弟沒理會，還提高了聲線：「是默片！默片呢！黑白的、無聲的，就是沒話說得出的苦和痛。亭子是沉默的，吵的是遊人，也是我。也說不定，不是喝酒吟詩。說不定是吸鴉片煙。這園林原是某大官的別墅嗎？當年，他在自己的豪宅幹甚麼，是沒人管得了的。說不定是吸鴉片煙。就躺在裏面的酸枝長凳，吸到上了九重天，忘了自己的國家如何像自己一樣，吸歷史的毒，自我陶醉，懶理無數人的身家性命被毀掉……」

「好啦，好啦……」弟弟的胡言亂語令我尷尬，更令我想到當年的事……

弟弟的聲音突然變得決絕：「好吧，我們走。」

驀地，他急步離去，我急忘追上；但他很快由步行變作疾行，再變緩跑。

我心裏有股無名的動力，動力化成聲音告訴我：我不能再丟失弟弟。

我應該能夠跟得上他的，雖然我不像他保持瘦削，年來發福了不少。只是，園林的路徑九曲十三彎，又有很多竹叢、柳蔭、大樹、矮木，設計的人

特意要令它像迷宮一般，我時刻都要緊盯著弟弟的身影。

弟弟走進了內園。我知道內園是園中之園，一切佈局都更嚴密、更緊湊、更複雜。

弟弟拐進了又一個彎，在門簾一般的柳枝之後，消失了。

我走過一個又一個大大小小的亭、或高或低的樓、或堂皇或精簡的廳，還有可以流觴的曲水與淙淙的小溪，但都看不見弟弟。我遇到過不同的遊客：整齊有紀律的日本旅行團，團友很小心地研究各種擺設；不知是哪個外省縣市過來的一家人，和我一樣茫無頭緒地團團轉；幾個美國老人高談闊論之餘，偶然取笑他們不明白的東西，但也偶然衝口而出，激賞他們難以置信的工藝。

我仍然找不到弟弟。

我這時才意識到，我連弟弟的手機號碼也沒有。今天早上，我不請自來的出現在他有份參與的研討會上，之後又不請自來的跟他打招呼。我竟然約得了他下午一起遊玩，想來也很意外！他大可以推掉我的。但他沒有。

我不能再丟失弟弟。

我開始緊張慌亂、心砰砰地跳，一頭都是汗——儘管天氣清涼，輕風舒懷。我唯有往最近的一個出口跑，一心要離開內園。

眼前登時開闊，是一個如鏡清湖；清湖之旁，就是穿林亭。

我繞了一個大圈了。

更令我喜出望外的，是弟弟站在亭前，仍舊凝望木牌。

我走過去。他望也沒望我，只自顧說：

「古希臘神話裏有一個人，他叫菲紐斯，因為說得太多真話，公開揭穿了主神宙斯不見得光的秘密計謀，主神就懲罰他：無論放在他面前的是甚麼

珍饈，他一嘗試去吃，哪管是稍稍伸出手，就會有怪物從天而降，弄髒他的食物。」

我吸一口氣說：「我找了你……」

弟弟以稍稍急促的語調說：「我覺得我像菲紐斯。」

他頓了一頓，又說：「儘管，我已經甚麼都沒說出口。知道和記得，都要受罰。」

我聽出了聲線中隱藏的戰抖。

就是很多年前的那件事。內疚如狂潮，湧上我的心頭。

我想說：對不起，弟弟！我親愛的弟弟，我不應背叛了你！我對不住你！

但我沒開口，因為我也在心裏爭辯：我有我的理由！我沒錯！我沒錯！

我強顏歡笑說：「總之，現在找到了你，就好了。」

但我和他都很清楚：這輩子，我們大概不會再見面。

初刊於《聲韻詩刊》總第三十八期，二○一七年十月

鏡中的假髮

我今天很榮幸，參與這個舞臺工作坊，和大家……

不如說，鄙人今天很榮幸？太做作了吧？

榮幸？完全不榮幸。

就因為一點兒小事情，劇團中恨不得趕走我的人，終於有了藉口。不過給別人的檔口幫了一個小忙，我已道過歉；反正，只是很普通的騷擾了。但他們仍不住說：「你吃兩家茶禮。」緊咬不放的賤狗！

都是因為我已經過了氣，對不對？過氣就是過氣。誰都要我的時候，人人都想分一杯羹，誰會投訴我吃兩家三家茶禮？

我今天很榮幸，和一批有潛質有理想的新人一起，分享心得

其實也好的，他們有些還不錯。何況，風景很好。

主辦的幾位朋友太有心思了，給我們找了一流的 *location*，向著大海的陡峭懸崖，青綠的草地下是頑石與浪花，前面是無邊的汪洋，遠眺白雲和藍水相接的無盡遠處，清風習習——我們差點忘了我們是來研習舞臺表演的！大家不要分心！

但這麼樣的環境，也是人生旅途的寫照！危機雖然在我們腳下，眼前卻是壯闊的前程——大家要努力！我很希望在接下來的三個星期裏，幫大家一點忙！

算甚麼差事！像是被人放逐到了天崖海角……

《逝》？古往今來有無數好劇本，為甚麼要選《逝》？為甚麼？

搞工作坊的小伙子，一定是看中了我幾十年前的舊事……

不，不可能，沒有人知道的，對嗎？沒有人知道。

我只是導演，不是劇作家。劇作家才是真正的天才，是他的作品給予我靈感

我才會得到人生第一次成功。難道之後就沒有成功了？我導演了幾十年舞臺劇，難道一九八一年的《逝》之後，就沒有一齣值得成為工作坊示範作業？

我當時不過剛從學院畢業，興致勃勃有餘，經驗知識卻是零，只以為自己天才無限。誰知道，又給我幹出了一幕好事。

不，是四幕好事。

已是陳年的好事。這些小孩——都只是學院一二年級的——當時還未出生。他們一定背著我偷笑：老頭子只在恐龍年代導過一齣劇是真正有料子的！

是甚麼樣的惡作劇！

當主角的小妹子也頗標緻。學院裏發明星夢又有點才華的小男孩和小妹子，多不勝數。男的俊朗、女的漂亮，都是一批又一批甘心情願跳進鬥獸場的人。我更佩服不中看但真正有天分的。像那個扁臉的胖女孩，她的眼神簡直會說話；她只是走出來跟小妹子交待兩句消息，也很活、很壓場——很有才華。但她注定會被人看不起、被人丟棄、被冷落，她會一直靠邊站。但她要是堅持的話，她會有可能——就只是有可能——有出頭的一天。

我當時和那女人已在一起幾年，是公認的一對。人家知道我和她暗地裏的事，一定會將她打進十八層地獄；他們都會站在那女人的一邊，異口同聲謾罵她，說她是勾引別人男人的賤婦。於是，我們很小心、很謹慎，

總是避開別人耳目。最後，我灰著臉、心裏揑著悲切的傷痛，和那女人結婚時，我又怎會知道九年後反正還是離婚？要是知道，我就寧願自己和她被萬箭穿心，也要離開那女人，也要堅持和她在一起──如此的話，我就會替她和替那女人，避開了兩椿悲劇。

《逝》說的是一個男人和一個女人想相愛，卻總是相愛不了，最後很含蓄地、點到即止地各走各路，除了流兩行眼淚之外，沒幹過甚麼。原劇又櫻花又和服，很細緻、很一塵不染、很精準，日本人寫感情可以像蛋殼上雕花那麼精準，至少在川端等大師的年代。但那也是南京大屠殺的年代！皇軍的雄赳赳將領和兵士，將千千萬萬中國少女污得赤裸橫攤著流血至死時，可完全沒理會細緻和精準。日本人會寫《逝》，亦曾經將殘暴與凌辱實踐至極，今天還將變態 AV 變作學問和專業。

人家當年都說，我給《逝》注入現代的人情味，賦予原作品也沒有的自我與激情。我不知道他們的話是甚麼意思；我只是想好好搬演一臺戲，不像裝神弄鬼的概念導演。

小妹子是典型的戲劇學院美眉。不是沒才華，只是不特別有才華。連樣貌都美得普通。不像當年的她。

「你這麼站就行，不用特別做作的。你想念他，但就是在親姊姊面前，也要保持偽裝。你要向觀眾表達心中的苦，但又不能直截表達。」

「問得好。你不如試試完全沒動作，只是唸出對白。對，靠聲音。」

她不同。她不怎麼需要我提點。當年，人家稱讚她還多於稱讚我。

她一開始，就掌握了。她是天才。

現在眼前的，不可能是她。但為甚麼我總是見到她？

幾個話事的小伙子，硬是要「七十年代詮釋」，我又竟然依了他們，嚕嗦了兩句就被頂嘴，很無癮。

前輩，是你一開始就說要依循你當年的風格，尤其是七十年代詮釋。Helen 跟你聯絡的時候，你是如此吩咐的，不是嗎？

唉，算了，他們怎麼說就怎麼說。

小妹子戴了她的假髮：根本就是她戴過的假髮，七十年代的法拉頭，蓬鬆的波浪、一瀉而下的嫵媚。根本就是她。不，不，她要比小妹子高，臉蛋也比小妹子俏，更多了一抹鬱結。不是嗎？她原來是有抑鬱症前科的，我怎麼沒看出？

排演時，我們都裝得冷冰冰，談的都是演戲，站在哪裏，如何站，如何說對白，和其他演員如何配合，走位……

排演一完，我就偷偷上她的家。一關上門，我們就轟轟烈烈。

「你離開那女人好嗎？我需要你。」

我沒說話。

「我求求你，你離開那女人！」

我們都躺著，她依偎在我的胸膛上，我們的肌膚緊貼著。

高潮之前，我們都酣醉在慾望裏；高潮過後，就是她的苦訴和我的猶豫。

終於，她沒再醉倒。酒已變酸。

「我要你離開那女人！離開她！」

都是發生在舞臺以外的一幕幕。

「我現在見你比見她要多得多……」

她幽幽地含著淚說：「都是因為我們未演完戲。戲完了，我們也完了，不是嗎？」

「我們可以演更多的戲，我……」

「我、我、我，你說的總是我、我，你要做你的偉大導演，偉大導演都要操他們的女主角的，對不對？不要臉的狗娘養！」

她將我趕出她家的一晚，是首演的前夕。我不住拍打她的門，她都不理——倒是鄰居都在他們的大門窺視孔裏，好奇地看戲。

我垂頭喪氣地在她家外呆坐、睡倒，心裏擔憂的不是她離開我，甚至不是不能再操她，而是她會不會拉倒不演，或者胡亂交貨，將我和一整個劇團幾個月的心血都毀了。

第二天早上，她開門，看見我躺在地上。她哭著緊緊將我擁在懷裏，一句話都沒說。門關上後，我們做了一趟最徹底、最忘形的。

晚上的正式首演，她戴著七十年代法拉頭假髮，演活了一個想愛而得不到愛的角色。

演出只有六場，是一個又小又偏僻的場地。但到了第三、四場，口碑令觀眾如潮水般湧至，全院滿座。我從一個沒人認識的畢業生，變了舞臺新勢力。

她也成了光輝的新星……直至最後一場的一晚。

大夥兒約好了慶功，到一間酒吧不醉無歸。她說太累，要回家。我裝紳士，當眾說由我送她回家，她推卻了，只偷偷柔聲在我耳邊說：

「你不用理我，他們需要你和他們慶祝。」

我帶著浪意笑說：「那我們改天⋯⋯好嘛？」

她笑一笑，走了。

當天晚上，她自殺，去了。

當年的八卦還未至現在尋根究柢，更不會自行創作。她的抑鬱症前科被抖出後，事情就草草了結。我竟然沒被牽連。

對不起！我對不起妳！

化妝間裏沒有一個人。

鏡裏有我滿是皺紋的臉，還有一頭銀白髮絲。

還有七十年代烏黑法拉頭假髮。假髮靜靜躺在我和鏡子之間，沒有聲音，沒有氣息，也在鏡中自顧。

假髮在呢喃，在召喚。

聽到了，我聽到了

坐下，緩緩戴上

鏡裏的是她。

她跑出去。

無邊無際的海和天。清風習習。青草綠崖。

萬里汪洋。崖下是陡峭的石壁、暴浪的白沫。垂死巨人口吐的白沫。

我要跟妳

一陣大風驀地颳起，假髮被狂飆帶走，在崖邊的虛空中晃盪下降，旋即被浪花吞噬。

我跪在風裏，向大海祈願——我不知要祈願甚麼。

　　前輩，我們當初邀請你的時候，是你盼咐我們一定要以《逝》為作業的，你現在改變主意了嗎？

　　我忽然記得，小伙子跟我說過這些話。

初刊於《聲韻詩刊》總第四十一期，二〇一八年五月

破　綻

　　這地方僻靜幽閒，有重重山林包圍。他們走了兩個鐘才上到來，其他人都往別的碉堡和其他山頭去了，現在只有韓抗、參宏，和他三個。附近有一個瀑布，水流很吵，應該可以蓋過槍聲。他只要果斷地出手，開槍夠快，電光火石之間就解決得了參宏和韓抗，也會有足夠時間逃走或鋪排現場。

　　不如先翻過山頭。那邊有一個更大的瀑布。

　　他開始懷疑自己是否在找藉口。很多年前，教官又狠又絕的話，又再在他耳邊響起：「你是一塊豆腐！沒用的豆腐！」

　　「豆腐」是義邦俚語，語氣很強也很粗俗，用來罵一個人優柔寡斷、不能作決定，像一塊捏一捏就粉碎的豆腐。他後來知道，教官對所有新入學堂的孩子都是不分彼此地先罵一頓的。但後來歸後來，多年前他心裏感受到的衝擊，此刻仍在山林中響起。

　　他潛入和邦之後，其中一個一定避用的罵人字眼，正是「豆腐」二字。和邦人絕不會以「豆腐」罵人；他們的對等用語是「豆板酥」。儘管「豆腐」和「豆板酥」都是與豆有關的食物，他一旦弄錯就會露出馬腳，尤其和、義兩邦長久以來互派探子和臥底混入敵境，他擔心自己一舉一動都容易引起懷疑，於是十分小心。其實他和其他義邦人一樣，對和邦的「豆板酥」一詞很反感，認為這正正指出和邦是北方強國的附庸、哈巴狗，所以在俚語中也要提到北方流行的食物。和邦人的想法卻剛好相反：將懦弱的人比喻作來自北方的貨色，正正突顯了和邦人一身傲骨，強大的北方也看不在眼裏。這些用語的分歧，和無數不同的口音與禮儀的小差別，都加深了連年交戰的兩邦之間的仇恨、猜忌，和互相鄙視。

　　他在和邦軍隊中一步又一步向上爬的年月裏，每當和其他軍人混，一起喝酒、賭錢、嫖妓，或向兵士出氣，無論說甚麼粗話，都一定只用和邦的粗話，絕不會混雜義邦的。例如他常常會發狂一般的罵兵士「豆板酥」，好讓大家放心他是最愛虐待下級的老粗。韓抗很喜歡這種老粗，因為他們夠簡單。韓抗有一次沾沾自喜地對他說：「這些傢伙，在我眼裏都是透明的；我愛煞了透明的傢伙。」

　　多年來，他一直成功偽裝作一個透明的傢伙，他為此很是自豪。他現在是韓抗的心腹了，經常和韓抗喝酒談天，聽韓抗傾訴。他於是知道，和邦至高無上的大統領，心中滿是疑慮和恐懼——恐懼有一天會被義邦打敗成為階下囚、亦恐懼被自己人以陰謀政變奪權。他在一夜又一夜的聆聽中，亦一直掩飾、壓抑著心中的仇恨。他和跟他同代的義邦人一樣，對韓家和和邦恨之入骨，儘管和邦是翻過山嶺就看得到的土地，和邦人也是跟義邦人說同一種語言的，而且據說在渺遠的過去，兩邦本就屬於同一國度中同一個龐然的城市。他出生後的十多年之間，兩邦的戰鬥其實不很激烈，他的家鄉小村只得五、六個長輩曾經參戰，而且都好好地活著回來，最多有點手腳擦損和骨折，休養幾個月就完全康復，之後犁田種菜都沒問題。他認識的義邦人之中，並沒有受戰禍傷害很深的。義邦的頭領，卻以各種宣傳、教育，令他和一整代義邦小孩對和邦——尤其是已經在和邦專政數十年的韓家——深惡痛絕，令他和他的同胞，將咫尺之外的田野與漁村的民眾，以及給那個集體賦予一個面孔的韓抗，視作不共戴天的仇敵。

　　當初，是他自願潛入和邦當臥底的。人人都讚嘆他的勇氣；無數流傳的故事說，義邦的特務被和邦發現後，和邦會先折磨他們，用水、用火、

用鐵鉤和鐵枝，以及更屈辱的蹂躪，然後才讓他們在尖叫和痛苦的呻吟中慢慢死去。令他不顧種種險惡、一心視死如歸的，是學堂的間諜訓練課。他的間諜課中期試成績全班最劣，尤其學不會和邦人的口音、俚語和小動作。他多番被教官訓斥、被同學嘲笑，於是下定決心，每天苦練偽裝的藝術。到了學期末，他竟然間諜科成績全班第一，甚至是軍校有史以來最高分的。他不只吐氣揚眉，亦愛上了這科目。其實，就算他不自薦，上級也會指派他，成為自青年起即潛伏在和邦的臥底。

　　三人稍息過後，快將繼續起行。

　　他抖擻一下。

　　不，不能拖下去。

　　瀑布的聲音，不絕於耳。它不是很大的瀑布，下一個山頭的要大得多。但那一刻，它彷彿以萬斛之水和震耳欲聾的呼嘯，呵叱他、催促他。

　　不，我不是豆板酥！

　　不，我是義邦人，我不是豆腐！

　　他的靈魂不住在震慄。

　　他忽然苦笑。

　　我從來沒有吃過豆板酥，連它是怎麼樣的，也沒見過。

　　他立即拔槍，先指向參宏。

　　他的右腿一陣發軟，繼而是火燒一般的灼痛。

　　他悶叫了一聲，跪倒在地上。

　　子彈嵌在大腿裏，鮮血在流，與軍褲的顏色，混雜成一片不知是墨綠

還是赭紅。

他望向二人：他們雙手都沒有槍。子彈不是來自他們的。

他回頭向後看：樹叢之中，他分辨出兩個槍口，以及依稀可見的迷彩面目。

兩個持槍士兵迅速撲向他，將他的頭牢牢貼在地上。

他勉力抬起雙眼，呆呆看著韓抗。

參宏笑說：「好兄弟，我們一早就知道你是他們派來的。這麼多年來，我們靠你通傳了不少半真半假的情報給敵方，你竟然一直沒識破，我很是自豪。當你向我們建議在演練中分開小隊進山，我們都看出你要下手了，也就不得不了結這臺戲。」

甚麼？

「我說『一早就知道』，沒說錯啊，真的是一早。早至你投軍的一天。即是……有沒有十五年了？我和你一開始就是同一個營、一起受訓的，我們一直都是好兄弟，對嗎？」

「其實，我是從一開始就被派來監視你的。你以為你一直騙過了我，我反而一直擔心我騙不過你！」

怎麼可能？

韓抗開口了：「連我也順了他們的意，幾年來和他們一起湊興裝蒜。原來演戲很過癮的，但現在我們不得不謝幕了。」

參宏笑得更輕佻了：「對不起啊，兄弟！玩笑到此為止！」

他頭上汗大如豆，而且要不是已經失了很多血，一定滿臉通紅。他心中感到的恥辱，比大腿的傷害還要難受。

　　他強裝鎮定地苦笑說：「原來大家都在跟我玩嘛！但……（一陣吃人的痛楚令他大聲喘氣，他的臉容可怕地抽搐）但我的破綻在哪裏？說兩句也可以吧？」

　　參宏愣住了，像是遇上了一道難題。稍頃，他才緩緩說：

　　「我也不清楚啊。總之，我和當年查察新兵的反諜部上級一樣，一眼就看穿了你。我還記，你當時告訴我，你在沙坳長大，還津津有味地說了些沙坳的風俗給我聽。我們後來到沙坳查問過，沙坳裏竟然又有人曾經認識你和你的『父母』和『姐姐』，還知道你的『家人』都死在一椿大火中，跟你對人說的一樣。看來你們是一個小隊，先在容易混入的大鎮落腳，布置妥當，很有計劃。但一切都沒有用，你根本是外來人，太明顯了。」

　　怎麼可能，怎麼可能？

　　「你不用怪責你自己。你說話、飲食習慣，甚至對女人的法子……嘻嘻，全都像是吃我們奶水大的！義邦的偽裝訓練很是周全，我也得說句佩服。可是——我這下子不知怎麼說了——說不定，是一個眼神、一個姿勢、一些語氣、一兩個字眼，令你敗露了。」

　　韓抗這時平和地說：「我第一次見你，就知道他們沒錯。你不是我們的人，儘管你裝得很用心。我邦人的口音、俚語、行為舉止，你學得極之到家，和邦的戲服穿在你身上十分合適。只可惜那是戲服，不是你的皮膚毛髮。你沒有我邦人的靈魂，就是這樣。你怎麼裝，都裝不出一個靈魂。」

　　「你唯一的破綻，是你終究不是我們。」

　　「你對於我，從來都是完全透明的，只是你比別的傢伙更不自知。」

　　他不想活——不只是因為他不想被折磨。他根本不想活。

　　他怪叫一聲，以蠻力掙開兩個士兵，再自袖中抽出一柄小刀，向士兵亂刺。

　　「不要殺他！」他聽到韓抗的命令。

　　混亂中，他找到了時機，以自己的配槍對準自己的太陽穴，一扳機，在一聲巨響中失去了知覺。

路雅

作者簡介

路雅，原名龐繼民，一九四七年生於中國。自二○○三年起，致力推廣文化，策劃多個大型的詩畫籌款活動。

著有詩集《活》、《生之禁錮》、《時間的見證》、《秘笈》、《廖東梅畫集：真我顏色》及合集《五人詩選》等。

辭職

那晚春嬌在公司留到很晚，因為要處理從加拿大來的一張定單。同事都走光了，寫字樓只餘下老闆房間滲出的燈光。

春嬌走去茶水間開咖啡，趁機喝些熱飲歇一會。暗暗的燈光剪出她側臉的青春。

「還沒走嗎？」春嬌回轉頭，原來老闆也從房間走出來小休。她報了個微笑，這是禮貌。

她的嫵媚不在那把長髮，是靈點閃亮的眼睛？還是微笑的唇瓣？木棉賣走魚穫，會買春嬌最愛吃的鳥結糖，還要是皇后餅店做的。

「加拿大來了張定單，想在假期前完成它。」春嬌給老闆解釋。看看腕錶，時間有點晚……颱風轉了方向，可能晚點會掛風球！她一邊撥手機，一邊撩了下長髮。

「現在的定單愈來愈細，貨期又短。」老闆回了一句。

春嬌不是第一次加班，有時與三兩同事，遇上老闆工作晚了會請他們一伙吃飯。

春嬌還記得那個星夜，木棉把魚穫交去香港仔魚市場後，兩人一直沿路走到海旁，一塊坐在岸邊，吹著海風，木棉是個老實人，結結巴巴地看著她，半天說不出話，不知道怎樣向她示愛，最後還是春嬌羞赧地握著他的手。

老闆喜歡打高爾夫球；行動矯健，不是頂著圓大肚腩中年發福的那種男子。房間裏放滿了他打球得來的大大小小的獎牌獎杯。他應該是一名高爾夫球健將！

「你每次出海，遇上颱風，我就忐忑不安……」春嬌垂下眼瞼。

「沒事的，現在的船那麼大。很安全啊！」木棉安慰她說：「回航時，電話收到訊號就給你報平安！」

這晚老闆又邀春嬌往附近的小店共飯。暴風雨前夕，空氣格外悶熱，昏黃燈影下他喝多了點酒。紅著眼睛說：

「我好寂寞！」他握著春嬌的手不放。酒精令他說話呢喃不清，不知他說甚麼？大概表示想有一個像春嬌這樣的伴侶，可是他經已是已婚的男人啊！而且還有個五歲的兒子……她害羞地把頭愈垂愈低，腦裏一片空白。

春嬌弄不清她愛木棉甚麼，早在小學時候，其實已經留意到他。雖然木棉外貌平平，成績一般，小朋友在一起也沒發生過「甚麼好打不平」，英雄救美的欺凌事故。

他愛與男孩子玩，春嬌就只會在旁偷看……每次想起就面紅耳赤。

「我一直有留意你，自從你來了我們公司。」老闆望著春嬌頓了一會說：「你讓公司充滿活力！」

我甚麼都沒做過，春嬌心裏暗忖：我只想有一份工！

平平凡凡過日子，是最開心的事。

「沒有甚麼配不配，雖然我比你多唸幾年書。」春嬌對木棉說，但他總覺得自己和她有距離。春嬌愛木棉的平凡。

面對老闆酒後的那翻話，她不知怎樣應對，回家路上一直揮不走困惑，但更令她擔心的，是從新聞看到天文臺發出的颱風警報，一股猛烈的烈風正面襲擊香港，十號風球經已懸掛！

春嬌雖然很喜歡現在那份工，可是仍然決定明日返工要做的事就是辭

工，因為她不知道以後怎樣面對老闆。所以第二天上班，第一時間向人事部遞了辭職信，然後輕輕鬆鬆離開公司。

下到大堂，踏出大廈；正值上班時間，中環車水馬龍，春嬌走在暴風雨掃走陰霾後的街上，清爽面容掛著微微上翹的嘴巴，帶點兒驕傲，看上去一臉幸福，熟悉的淺笑又回來了，簡簡單單是屬於她少女時代的純情。

時間漸漸慢下來，春嬌的身影亦無聲溶入喧鬧的街聲，每日有不同的故事發生，她只是其中一個，平淡而扼要，茫茫大海中，忽然的陌生令她驚覺懷裏的手機震了一下。拿出來看，是木棉發來的語音，對她來說，他的留言：「我回來了！」就好像一件失而復得的貴重物品，她終於大大地鬆了口氣。

擔杆山外

只要看到日出，就會見到木棉的漁船，平靜地剪開碧海。

他不怕窮，因為知道出海落網，一定捕到魚。

木棉決定把小妹送上岸去讀書，從東家借來的錢本想換一副新的發電機，現在只能勉強修好舊的算了。娘年紀已大，是時候上岸照顧小妹。木棉希望小妹讀好書，將來可以在岸上工作，不用出海。

雨季開始，颱風跟著來。春嬌是漁民子弟學校小學三年班學生，他四年級。小學之後，木棉輟學上了船。春嬌唸完中學，在一間貿易公司當文員。

「記得玉蓮嗎？」娘又為著木棉娶老婆著急：「上次我們去二伯父的生日酒，坐在我們席間的女生。她父親做蝦艇，人挺不錯啊！」

木棉專心地修補魚網，盤算著怎樣修理好那臺發電機。玉蓮是誰？為甚麼一點印象都沒有……

父親在生的時候常說：欺山莫欺水。所以自小就教他學會游泳，亦深諳大海瞬息萬變，遇上風雨，不敢怠慢。

木棉從有經驗的老漁民身上學會看天色和海水，預測天氣，很多時候他們比天文臺還要準。

「我怕你千揀萬揀，揀到個爛燈盞！」媽還在囉囉唆唆，離不開為他鋪排女友。

木棉相信冥冥中自有主宰，小學失散多年的同學，在街上碰見，也未必能相認，沒想到電腦網絡卻讓他重新聯絡上失散的同學。

「我們多久沒見面了？」曹仲衡在臉書上說。

「怕有十年矣！」木棉屈指一算。

「工作好嗎？」

所謂「靠山吃山，靠水吃水」，木棉可沒想過離開養育他的海洋。

「不是甚麼事都可以解釋的。」春嬌自言自語。所以別問我愛你甚麼？春嬌心裏暗暗地想，很多東西都是沒有答案。

「玉蓮是個好女子，」娘說：「勤勤懇懇，將來是個好老婆。」

離開擔杆山，海闊天空，藍天白雲，就是木棉的將來。

曹仲衡靠著電腦互連網，把舊同學一個一個找回來，現在聯繫上的已有十多人，一年準有一兩次聚會。

大約兩年前，木棉被加入舊同學群組，第一次往酒樓赴會，與春嬌重逢，兩目相遇那刻！忽然覺得整個世界都在身後隱退，漸漸聽不到外面的聲息，環境和事物跟著也慢慢失去焦距……

同學們多年不見，問這問那，只有木棉心不在焉，提起童年往事大家都有說不完的話題，人長大了，樣貌性情都有很大的轉變。春嬌依然故我，像以往一樣，默默地守在一邊悄看著木棉。

春嬌長大了，再不是昔日的小女孩。小時容易哭，木棉最不能忘記的是她一雙會笑的眼睛，水汪汪地無言。

三天後，木棉收到春嬌的來電，天南地北，無所不談，話題最後扯去兒時碎事：「你還記得嗎？四年級我數學考試不如理想，傷心地哭起來，你給我一顆鳥結糖，逗得我笑起來！」

「噢，忘記了。」木棉茫然回應。其實女孩子都容易哭；誰也不會例外。

「我很想吃回那種鳥結糖，你在哪裏買的？」

木棉在心裏記著，出海回來，便往皇后餅店買了包鳥結糖，他們就是

這樣開始約會起來。

　　兩年來，木棉每次出海回來，不是給漁船補充後急著出海，一定會與春嬌約會。

　　那晚看完電影，送春嬌回家，她低聲地說：「回來的時候，記著告訴我。」

　　木棉微微點了下頭。一股熱帶氣旋已經在香港的東北方集結，風季出海有一定風險，隨時要留意氣候變化。

　　不夠十小時，颱風轉了方向，來得很凶，狂風夾著暴雨，木棉披著雨衣穿著水鞋，在巨浪中搏鬥到天亮，終於捱到南丫島，當手機收到訊號的時候，他沒有像往常那樣發出短訊，只送出了一句簡短的語音：「我回來了！」

　　他知道春嬌今次最想聽到的是他的聲音。看看天邊，是一片白亮，黑夜已經過去。

花道與茶藝

段姬有着把長長秀髮，身上簡簡單單一襲便服，米黃色繡碎花上衣，襟頭扣着枚造工精細，金光閃閃的金花蝴蝶別針，下身配以深藍色直身裙，剛好蓋着足踝，露出小小的鞋尖，文文靜靜。

這位入選港姐的湖南姑娘，曾經當過電視藝員，偶爾也拍些廣告。不經不覺來了香港，已經三年八個月了。

她看見我們，漠然抬頭；那刻凝眸像從夢中回來，澄明目光帶着偶爾迷惘……

我們準時到達橋本太太家，菲律賓傭人引領我們進入客廳。才剛進門就看到裏面已有客人比我們早到。三男一女，一看便知是受過高深教育的人士。

橋本太太招呼我們坐下，朝着段姬說：

「段姬以前是TVB藝員，現在是我學插花的同學。日式插花結構簡約、綫條明快！與西式插花的花團錦簇，大相徑庭。我享受的是過程。」

橋本太太跟着把目光投向我們這邊，我與內子禮貌地向段姬和其他人點了下頭，「米高是積師，凱澄從事平面設計，米高的太太，你們應該見過面！」她最後一句話是朝着凱澄說的。

客廳L型地擺放着兩張長梳化，我們背牆坐下，面向飯廳，前面一張北歐原木茶几，設計簡單俐落，方正的茶几中央放置着一件朱銘的太極銅雕，造工嚴謹，造型粗獷明快。

「日式花道精神，以簡潔綫條表達天、地、人的合一。」段姬幼幼的聲綫，很能配合她皮膚細嫩的臉容，迷濛眼神輕盈淡定，「聽說花道是源自中國隋朝的佛堂供花。」

「噢……是嗎！」我真的意想不到，原來日式插花是出自宗教裏的供奉儀式。

「傳到日本後衍生了各種流派，並成為修養身心的重要文化。」內子忍不住搭嘴，她竟然對花道也有點認識。

客人中一個四十餘歲的中年男子，頭髮整齊光亮，口面寬闊，扁平鼻子上架着一副溥儀眼鏡，但掩蓋不住雙目炯炯有神的智慧。兩頰皮膚柔潤，細看可見暗埋的鬚根。

那人身材魁梧，從身旁走過散發出淡淡的古龍水幽香，一身衣着既懷舊又簡約，最特別是帶着那永不褪色的古代氣息。

另一個年近七十的老人家，向我們微微點了下頭，似乎對橋本太太的藏品很感興趣，站起來跟我們打過招呼後沒坐下，走去飯廳側細看掛着幾幅丁衍庸的水墨。

「丁公去過日本留學，但他學的卻是西洋畫。」老人一邊欣賞丁衍庸的雙鶴圖，一邊沉吟。

「這位是白雲老師，從事印刷出版生意。」經橋本太太介紹我們才知道老人是個詩人，是她朋友中的稀客。跟着朝客廳另一方向說：「那兩位是江南先生和曾啟賢教授。江先生從事電影工作，曾先生是哲學教授，任教中大。」

沒有人知道江南的真正身份，連橋本太太也一無所知，只知道他是個電影工作者，究竟拍過甚麼電影？有否賣埠？市場在國內還是東南亞？一概不知。

江南於我有點面熟，噢！記起了原來在一次招商會上見過他；遠遠地

站在一隅與幾個貌似國內人的交談着。

當時橋本太太說了幾句有關他的甚麼，現在已記不起，閱人那麼多，可能她也忘記。

是啊，我在何時何地見過他呢？段姬一臉茫然地望着江南，想了又想，總是毫無頭緒。那點熟悉的感覺好遙遠……

這以後我們就不再深究他從哪裏來，其實偶然相遇，何必尋源？

「每個人都有一個角色，分不清夢中還是真實世界。你有你的、我有我的、在不同時空，各自扮演自己……若然有幸同場，或許那就叫緣份吧！」比我們早抵的曾啟賢教授，從一套荷李活電影《緣份的天空》扯到政治：「美國總統特朗普是個出色的演員，他策劃的即興劇，從沒偏離故事大綱。」

哲學家看人生和政治，有其獨到之處。好一個沒有偏離故事大綱！

此君打扮給我們非一般學者的感覺，筆挺西裝外套，裏面是潔白恤衫，沒結領帶，卻配上藍白細花絲巾，柔滑輕軟，質料上乘。

「曾經前往京都作文化交流，沒會開的時候，一個日本朋友招呼我前往品嚐茶道。」曾啟賢說：「喝茶的地方建在半山，風景怡人，男女服務員都穿上傳統和服，茶室席地而坐，向着優美的日式庭園。」

「日本茶道講究禮儀，其中蘊含深遠文化精神。」白雲說：「喝茶的茶室，以至主人和客人的禮儀也有指定的規格與程序，表現出對精神沉澱的高度重視！比如說進入茶室的門口開得特別低，進去必須躬身而入，表示其謙虛！」

說到喝茶，我與凱澄留學美國，多喝咖啡少喝茶，一句也搭不上嘴。

　　「日本茶道源於中國，而中國茶藝經歷多個朝代演化，於各時代、各地域又發展出不同風格的茶藝，因此不同類型、流派眾多。」段姬年紀輕輕，學識淵博。跟着解釋中國喝茶文化包括製茶和飲茶。作為開門七件事，飲茶在古代是非常普遍。茶藝儀式化，以瀹茶法為例，可分為煮茶藝、煎茶藝、點茶藝、痷茶藝等，各大類中又可依茶具、品飲方式、精神思想等再分為小類。同樣的技法用於各流派中又產生不同的變化。

　　當我們東拉西扯閒聊的時候，江南卻在身邊默默拍照。作為電影人喜歡拍照理所當然，令人側目卻是他攜在身邊那部相機，行外人也看得出是非一般的機械菲林機，雖然不知 Phaseone XF 100MPA 甚麼來頭。

　　「江先生果然是個識機之人，這部古董機不簡單喔！」剛巧我客人中有一攝影發燒友，他告訴我托陳烘相機花了好一段時間，靠點運氣才找到一部。當然也不及這型號。

　　「我很難忍受數碼機對光影表述的冰冷，菲林那種溫暖感覺，沒有甚麼可以代替！」

　　「江先生的感受，我是深深明白，曾經聽過日本無雙真古流傳人佐野珠寶講述花道，我覺得她示範時很有禪修的味道。」段姬繼續說：

　　「一般人認為插花就是要令到花瓶上面的花好看，但她表示真實的世界卻在花瓶口以下，只要根基做得好，上面的花材就會自然顯現。這跟我們一般的想法很不一樣。她開始插花的時候是先打坐，然後看着瓶口，一直看到感覺差不多才開始。過程中也會看看花瓶上面的花材，但她的集中力主要都是放在瓶口。」

　　佐野珠寶是日本神戶人。以畢生事花，二零零四年入銀閣寺首任花方。

「你呢？你為甚麼會走去演戲？」凱澄朝着段姬問，再轉向曾啟賢：「如果生命是個早已編寫好的故事，偉大和渺小是否已失去意義？」

曾啟賢吃着一尾酥炸鳳尾魚，做這平價小食，現在已經很難找到新鮮的小魚了。

「你累了的時候，會做甚麼？」沒想到段姬沒有答她的問題，卻轉去問江南。

「喝茶。」曾啟賢幽默地答。江南來不及回話。

哈哈，好……就喝茶去！大家在連串沒答案的問題後，異口同聲。

「Marina，茶泡好了沒有？」橋本太太向着廚房大聲呼喚。

菲律賓女傭跑出來，捧着托盤，上面盛着一個黑越越的日本生鐵鑄造茶壺，最惹人注目是幾隻薄胎彩繪小杯子。

「啊！十二花神杯！」白雲驚叫起來。

「對，十二花神杯。」橋本冷靜地回應。

「這是從宮中出來的工匠造的，並非正式的官窯所燒。」橋本太太補充說：「每隻造工都欠少少；就是那少少區分了官窯和民窯。」

「創作最高境界就是忘我！掌握高超的攝影技巧是忘記手中的相機……」江南頓了一會，徐徐呼吸說：「攝影重要的部分，在於看不到的部分。甚麼都得用心去看，因為鏡頭做不到。沒有瓶口下面的世界，花材也做不到。」

作為一個視覺藝術工作者，自然而然覺得，一件作品必然要經過選取角度並配合全方位的不斷調整，才可能達至完美。

段姬補充，被觀眾 360 度環繞的佐野珠寶，從頭到尾都跪在原處，雙

手前伸，視線平直，沒有將花盆旋轉過一點角度。她手中的花藝，卻無論從哪個角度看都是立體的、完美的。段姬複述她聽講座的感受，迷夢的眼神中，仍可感受到她深深的戀慕。

江南一面泡茶，一面給我們詳細地講解花神杯，間中曾啟賢教授也補充兩句，想不到一隻小小的十二花神杯，裏面竟然蘊含那麼多學問。

清朝康熙年間青花五彩十二花卉紋杯。除青花五彩之外還有青花品種，雍正、嘉慶、光緒、民國均有仿製。十二花神杯十二件為一套，一杯一花，腹壁一面繪畫，另一面題詩，詩句出自唐詩。

「這套十二花神杯，是宮庭內飲酒行樂之時按月使用。有其時序。」白雲說：「湊夠一套非常困難，拍賣會上偶然出現三兩隻，未必是你所欠的，據說香港藏家中有人擁有一套，那便是徐展堂先生。」

「是啊，偶然出現的，未必是你所欠的！」段姬不無感慨地說，又再幽幽凝眸，如春夢初醒的彩蝶，剛破繭而出，怯生生地抖動雙翅……如果萬物皆空；她有甚麼虧欠呢？

大家沉默了一會兒……

「中華文化之茶藝，不但包含物質文化層面，還包含深厚的精神文明層次。」白雲說起茶，滔滔不絕，「唐代茶聖陸羽的茶經在歷史上吹響了中華茶文化的號角。從此茶的精神便滲透入宮廷和民間，還深入詩詞、繪畫、書法、宗教、醫學，幾千年來中國不但積累了大量關於茶葉種植、生產的物質文化，更積累了豐富的有關茶的精神文化，這就是中國特有的茶文化，屬於文化學範疇。」

對於一個寫詩的人，他對飲茶文化的認識，我們一點也不感詫異，想

不到他也是泡茶高手，一輪韓信點兵後，白雲把他拿來送給橋本夫婦的那包「老闆茶」已沖至第三泡，只見茶色晶瑩通透，清香撲鼻，小杯子端在手裏，暖暖的茶香令人感動。

「這是甚麼普洱？茶色清透，甘之若飴，純滑不帶乾澀！」曾啟賢細味品嚐說：「好茶！」

接過凱澄遞給我的小杯。所謂水滾茶靚，我呷了口，很難說出那種細滑甘芳的感覺。

「茶商會把上品的茶葉留作自用，謂之老闆茶，這是十八年的生普洱，乃友人所贈。」白雲說。

「我以前聽人說漁民會把好的魚穫拿去市場賣，自己吃那些賣不起錢的小魚。現在聽白雲老師說，茶商把最好的茶葉留給自己享用，可見行業之不同，賺錢的能力有多大分別啊！」凱澄感慨地說。

人的際遇，幻變無常，出海的漁民常要面對狂風巨浪，「我們做室內設計的就常常聽見裝修工人埋怨，地盤開工就立刻封上密實圍板，盡量不要影響鄰居，冬天還好一點，夏天就滿身大汗，到工程完竣，可以開冷氣了，就是他們退場的時候……」從際遇說到不同行業，我也有同感。

那晚我們暢所欲言，無所不談，很久沒有那麼開懷吃喝，所謂天下無不散之筵席，直至酒酣耳熱，大家預備收拾心情歸家的時候，總覺還欠點甚麼……

「很期待可以看到江南先生拍的照片！難得的一個晚上。」凱澄是個唯美主義，連我都想先睹為快。但菲林要沖曬後才看到啊！

「這還不容易？」江南鬼祟地笑說，把那部135相機拿過來，反轉機

身隨手就打開機背，動作徐緩不急，出人意表，有女士忍不住急叫起來！這不白費心機？菲林都走光了！令人更意料不到的，相機打開，空空如也，竟然沒有裝上菲林！

「相機捕捉到的只是光影，留不住記憶，不拍也罷！美好的時光，只有真誠相待，才可以永遠留住。」江南的說話令我想起他拿着相機，整晚默默穿梭在我們談話中，細心選取拍攝角度；他的認真，我們沒懷疑。

相信過了十年、二十年……江南那晚的幾句話，我們永遠都不會忘記。但沒誰料到，他拿在手裏的竟然是一部沒裝上菲林的相機！

滄浪．浮生

遷徙

匹茲堡的冬天特別長，由十一月到翌年的二、三月，這段時間每天都白雪紛飛。在溫哥華第一次看到降雪，開心得在屋前狂奔。也許每個父母都一樣，把最好的給子女。九〇年是香港移民高峰期，爸帶著我們一家四口，遷了去加拿大。那年的初冬，飛機傍晚抵達溫哥華，爸的一班好友接機，三架車子幫忙搬這搬那，大大小小十幾個皮箱。

今天應該很高興
今天應該很溫暖
只要願幻想彼此仍在面前
我獨自望舊照片追憶起往年
我默默又再寫彷彿相見

收音機傳來了達明一派的娓娓歌聲，聽了心裏就酸起來。

打從爸爸決定移民之後，親戚朋友，不同的組別便安排吃飯餞別。我青少年的日子亦開始流徙……

三年後，在溫哥華完成了十二班，爸說美國的大學好，雖然多倫多大學收了我，最後還是把我送了去匹茲堡的卡奈爾美隆大學。

我住的地方是個小鎮。透過地產經紀租了個四百呎的小單位，那是間六層高的建築物，一梯六伙，樓齡怕有五十年以上，地上鋪上長長的橡木，走在上面吱吱地叫。

這幢舊樓，大部份都是小單位，很適合作留學生宿舍。我住二樓，有一片望街的窗，夏天可以看見綠油油的楓樹。

我第一次見到威廉夫婦，老婦人正悉心地照顧寶貝貓兒；她看見我，用微笑打了個招呼⋯⋯

「你好！」我禮貌地回了她一句簡單的問候，旁邊的經紀也輕輕地點了下頭。

我們住在同一樓層，夫婦倆收養了幾隻流浪貓，叫牠們不要再過流徙的日子。

下雪的冬天灰濛濛，街上人跡稀少。這區算是老區，人口不多，聖誕已過，對面屋子悄然若昔，一切回復假期後的寂寞。窗內未及拆去的燈飾依舊，正規律地閃亮。節日的客人，誰也留不住，只剩下曲終人散的寥落。

「媽，我回到宿舍啦⋯⋯」每次從溫哥華回匹茲堡，必打電話報平安，爸媽擔心我出外會有甚麼意外。

「返學記得多穿衣，這裏早晚溫差大，不像香港。」

「哦！」掛上電話，繼續執拾衣物；在家的時候甚麼都有媽打點，我是個不善處理家務的人。

後來知道那對老夫婦，男的是個哲學教授，經常在黃昏緩跑；老婦是護士，退休前他們已在此定居。想不到放假回來，男的終於走了；他患癌多年，一直跟病魔搏鬥。

那天早上，返學時在公寓的大堂遇上威廉太太，她問我週末有沒有約？

「有點事想你陪我一趟。」她望著我眼神掛著的問號，跟著說：

「過兩天，我想把他的骨灰撒到校園裏去。」手裏捧著個瓶子，雪白

如玉。

在香港的時候，嫲嫲常說，人一出世，就朝那方向走，最後都是歸於塵土，誰也不會例外。有人遷走，才有人遷進來⋯⋯

週末小雪，與威廉太太把骨灰撒往園子的花園。

大學距離我們的柏文樓很近，步行不消十五分鐘便回到屋子，正是夕陽斜照，晚來寒意侵人，我相信生命中即使遇到波折，逆境中必有驚喜。

幾隻貓兒蜷伏在她腳下，威廉熟悉的身影流過回憶⋯⋯往事如透明的輕煙，無風地飄過窗前，此刻我又想起他生前最愛聽 Simon and Garfunkel 的 Scarborough Fair，裏面有這樣的歌詞：

Are you going to Scarborough Fair ？

Parsley, sage, rosemary and thyme

Remember me to one who lives there

she once was a true love of mine

冬日暖暖的陽光，綴落她花白的髮絲。

人生有幾多個驛站，站上會遇到甚麼過客？

她拿出一把發黃的牛骨小梳，細細地把玩，淡淡的側影，夠不上那梳子讓我吃驚⋯⋯

活著只是寄塵於世，無論有多風光，都會成為過去。

風雨飄搖的日子中，明天誰將在我身邊路過？而我的下一站，又會遷徙到哪裏？

備註：

　　匹兹堡曾是美國著名的鋼鐵工業城市，有「世界鋼都」之稱。但一九八○年代後，隨中國鋼鐵產量上升，匹兹堡的鋼鐵業務逐漸淡出，現已轉型為以醫療、金融及高科技工業為主的都市。市內最大企業為匹兹堡大學醫學中心，並為全美第六大銀行匹兹堡國家銀行所在地。

　　由於近年的經濟發展堪為典範，於二○○九年獲選主辦世界二十國集團（G-20）高峰會。匹兹堡交通便利，公路、鐵路和水上運輸發達。匹兹堡國際機場位於該市西部，為美國東部著名的大型機場，有十八家航空公司聚集於此地。匹兹堡大學和卡奈爾美隆大學是美國著名的高等學府。

茶馬古道

　　晨光漸露，遠山迷濛。微涼的露水沾濕了衣衫，昨宵薄薄的蟲鳴，散落隨意的山徑。這條古道，像一段失去的記憶，在此歷史悠悠長河，甚麼都可能發生。

　　「過了這棧道，前面是個峽谷，日落前應該可趕上投店。」領隊的叫扎西噶瑪。皮膚黝黑，額上皺紋帶點蒼涼，細訴著走過的風霜歲月。

　　「這兩天會下雨嗎？」遇上雨季，泥濘路不好走。年輕的齊非有一句沒一句地搭上口。

　　這隊三十幾人的商旅，帶的是藥材、鹽和布匹，還有些瓷器香料。

　　「喝一口吧！小哥。」扎西噶瑪從腰間掏出個破舊的皮囊，跟著仰起頭咕嘟喝了兩口，然後遞給齊非：「上好的高粱！」

出發前娘給他執拾衣物，每次都是那麼細心，點算著一生一世的關懷，怕撿漏了甚麼。暗暗的油燈照著滿頭霜雪，她晃動的身影貼在震顫的牆上，甚麼都沒有說。那張臉無論變得多麼蒼老，在他眼裏還是澄明如鏡；而她，也該清清楚楚數見他每根髮絲，瞭解他的需要。

今次的旅程是麗江、中甸，再進入西藏，沒有人可以預知明日的天氣，踏上這段征途之後就預了風吹雨打。

這幾天走過的地方根本不算是路，拖著馬兒，走在烈日下的荒野，午後大夥兒找來一處太陽照不到的地方歇下，吃了些乾糧又繼續上路。黃昏近時，終於行至山峽的底部，谷下是淙淙的溪流。

我住長江頭，君住長江尾
日日思君不見君，共飲長江水
此水幾時休，此恨何時已
只願君心似我心，定不負相思意

四野無聲中只聞流水，忽然有人唱起歌來，那是李之儀的〈我住長江頭〉。歌聲帶點蒼涼，在谷底迴旋著裊裊餘音。從低處仰望，兩旁高矗的崖壁，把天空劈開道亮光的夾縫，鋒利得甚麼植物都生長不下。一抹斜陽殘照在峭壁頂端，正好幾隻飛鷹，盤旋在高高的雲霄。

「回去的時候，帶匹布疋給娘，她喜歡扎染花布。」齊非喃喃自語。

扎西噶瑪所言不差，過了這幽暗的山峽，前面竟然展開一片闊大的景象，山坡下望是條小橋流水的美麗村莊，那時正是炊煙近晚的時分。

「嗨……」扎西噶瑪吆喝著馬隊，揮鞭向村莊進發。其他隊員很有默契地牽著自家馬兒，默默地跟上。

走慣迢遙征途的，當知馬兒是最親密的伴侶，輕輕拍著汗濕的頸背，牠以脖子報以友善擺動，張了張鼻孔，大大地呼出了口氣，在兩眼相交中彼此互訴著旅途的艱辛……

投店那日的黃昏，齊非掛馬樹下。

往事如透明輕煙飄過，那種既陌生又似曾相識的感覺，究竟是多少年前的邂逅？

啊！從旅店出來領房的姑娘，那憂傷的眼眸讓人驀然想起了一段遺忘的記憶。

那夜星光燦爛，他的夢沒有牽念。風送弦琴，美麗的樂韻不能把異鄉人繫住。

「我哪裏見過你？」她痴痴凝望，心裏叫了出來。

我呢？又在哪裏遇過妳，一百萬年前？

夢裏看見藍色的湖，那濯足的姑娘在沉思甚麼？清清湖水，照亮青春的面容，風再起時，杏花飄香。

活著只是寄塵於世，無論有多風光，都會成為過去。

明天誰將在我身邊路過，而我的下一站，又會遷徙到哪裏呢？

齊非把玩著發黃了的牛骨小梳子，她曾以它梳理長髮，怕已是四十年前的往事吧 ...

那夜，齊非把她的名字喚了下來：

「金棠啊……金棠！……」

兩年後聽說那隊茶商又路經中甸，柳飛依舊，可是再也找不到那條村落了。

備註：

「茶馬古道」是中國在航運普及前，另一個連接亞歐各國的運輸網絡。在歷史上它的地位並不亞於「絲綢之路」。

「茶馬古道」之所以得其名，是因其貿易的代表性商品是茶葉和馬匹（另還有藥材、鹽、布匹和毛皮等，以馬為主要運輸方式）。

歷史學家把「茶馬古道」的起源追溯至唐代，當時茶葉由雲南運到北京、西藏和其他東南亞國家。到了宋代和明代，「茶馬古道」日漸興盛，直到清代仍是普洱茶和其他商品的主要商道。

「茶馬古道」並不是一條「路」，而是一個從雲南普洱縣向外伸展的運輸網絡。

香格里拉

這裏是一個沒有時間的地方，生活在此的每個人都知道，可是從來就沒人提及這事。

在這與世隔絕的村落，昨天就像今天一樣，不能預知，但有一點可以肯定，就是每天都可無憂無慮地過活。

那個叫金棠的少女，看上去十六、七歲吧！長得清秀脫俗，小巧的嘴巴，永遠掛著微笑，嘴角兩旁是淺淺的梨渦，一雙眼睛烏黑溜亮，彎彎如

月的眉，覆蓋在一把柔情似水的長髮下；輕風吹來，羞澀不經意地流過泛著朝霞的臉龐。

「昨午那場驟雨，來得急，去得快！」一個揹著小孩的村婦在井口打水，跟另一婦人說。

「是啊，晾在園內的衣服全都弄濕了。」

每天早上，東門水井定必聚上大群早起的女人，打水洗衣，開侃不休，幾個嬉笑的小孩，追追逐逐，天天如是……離井口不遠處，橫臥著一塊大板石，她來曬書，端正地在上面放上一本又一本。

那些不是甚麼珍本，都是近日盛行的詠物、懷人的詩詞，美麗而抒情。

歲月沒帶走春天，一個不老的傳說，叫停了時間。

人生有幾多個驛站？站上會遇到甚麼過客？

「十年生死兩茫茫，不思量，自難忘。」齊非拾起一本詞選，唸了起來。

夢裏看見藍色的湖，那濯足的姑娘在沉思甚麼？清清湖水，照亮青春的面容。

「杏花飄香的時候，我將重臨。」四十年後，金棠知道齊非會再來，哪怕他已滿頭白髮，成為又老又瘦的老頭，她仍然癡情如昔。只擔心他忘記回來的路，更怕認不出他，所以離別時送他一把雪白的牛骨梳子，總得留點信物吧……

在時間的長河，彼此要找到一個吻合等待的位置，他們才可以重逢。

「踏上了這條路，就別再回望！」齊非記得當了販商後，不久就有人跟他如此說。

馬幫在入黑前終於找到「悅來」投店，金棠領他們往內庭，她深知長途旅人的需要，安排了各人房間後，立即給他們打水洗臉、又準備酒菜，忙個不休……

老父看著女兒，自己卻留守櫃枱，捋著下頷小鬍微笑。

那晚流星飛過，齊非在行囊裏取出小茴香、茉莉、肉蔻與丁香……只為了答謝金棠給他補釘破爛的白麻布衣，細細密縫下，無針亦無綾，只有羞怯的溫柔，在微薰小油燈影下，晃動了他側影的呼吸。

是誰啊！走過一列列防風林。

牽馬的人從遠方而來，攜著疲累的旅途，那刻凝睇，齊非的身影竟成了發光的幻象，時間流向沉默的雲。

誰去過傳說中的香格里拉？那裏有我的摯愛真情。記得代我問候住在那裏的一個人。

這本來就是兩個世界，我們與他不是異地相隔，是悠悠的歲月啊……老父感觸良深，用凝望的眼睛對金棠說，其實她應知道這是一段錯落的情緣。

「可是為甚麼，我的夢裏會有他啊？」金棠撫著隱隱呼痛的胸口：「如果不知道我的名字，誰教他找到相遇的位置？」

等到春來秋又去！一次又一次……回憶昨日，已是萬年，恍如無岸的明天。

時間本無源，流過之處亦無痕，人生卻有許多相交點，你我的秩次不同，彼此只是蒼穹上逆向的流星；是否那就是無常？

那麼他朝誰將在我身邊路過？而我的下一站，又會遷徙到哪裏？

難耐夜夜無眠；即使花期已過，歲月悠悠，誰仍堅守？在那沒有時限的年月。

備註：

　　香格里拉為一個虛構地名，最早出現在一九三三年英國小說家詹姆斯‧希爾頓的小說《消失的地平線》中。這是一個小型村莊，神秘而和諧，位於崑崙山脈，被群山包圍，由一個藏傳佛教僧院統治。在小說中，這個村莊的居民，長生不老，過著快樂的生活。在這部小說出現後，這個名稱被當成是世外桃源與烏托邦的同義詞。

　　從一九二二年到一九四九年，美國植物學家約瑟夫‧洛克以雲南省麗江市為基地，到中國西南地區考察，透過美國《國家地理》雜誌發表了許多探險日記，對這地區風土人情進行詳細的介紹。這些文章引起了西方世界很大興趣；有人認為希爾頓從洛克的文章中獲得了很多素材。

　　詹姆斯‧希爾頓創造的這個故事，被認為可能源自於西藏香巴拉傳說。

寄情

　　在匹茲堡完成了工商管理學士學位後，我對父親說，你要我做的，已經做了，現在我要選擇自己想走的路。於是我去了舊金山，即是今日的三藩市，找了一間不很出名，但實而不華的美術學院。

　　自小喜歡繪畫，現在再去讀平面設計，年紀已比較大，所以我選修了廣告碩士，那段日子是我最享受的校園生活，美術、潮流、品牌、市場、從大範圍的概念到黃金三角、色彩、字體、造型……再從傳統的紙媒到電

子媒體等等，要學的東西實在太多了！

我漸漸明白爸為甚麼不想我從事平面設計，因為他幹了一輩子印刷，每天都接觸到設計師，他常對我說這行工時長，回報低；沒見過幾個能畫出彩虹。

爸把他的夢投進文字，我卻愛在色彩裏翱翔。爸說寫稿換錢太慢，印文字快得多，不知是否這樣做了印刷。

「做學問開始時一定要博，到後來就要精！」爸這樣對我說，他把那檔印刷生意當寫詩，我很佩服他那種鍥而不捨的精神。

「告訴你一個美麗的謊話，方舟已在天空起航！」我給爸發出了一個電郵；發甚麼並不重要，知道他不會看，因為他已忘記怎樣打開電郵。

我和爸的關係就是這樣，是那麼遙遠又接近。

在匹茲堡的時候，有首歌是威廉先生最愛聽的，從他們房子裏常傳來西門達芬高的 Scarborough Fair:

Between the salt water and the sea sand,
Then he shall be a true lover of mine.

來三藩市不經不覺已經八個月，我履行了承諾；威廉先生一年前拿著疊封了口的信件給我，還有個小盒子。

「我走了以後，請代我每二十天寄出一信。還有這小盒子……」

我甚麼都沒有說，只是默默地看著他，人最痛苦不是知道不久人世，是捨不得離開摯愛的人。

「我在護士訓練學校最後一年的時候，去了香格里拉度假。」安娜一邊把骨灰撒在園內一邊跌進甜蜜的回憶：「他是基督徒，去那兒作短宣。沒想到我們卻遇上了。」

「嗯⋯⋯」

「在一間湖邊小酒吧，認識了威廉，不知為甚麼我們目光一接觸就覺得好像已相交多年。」安娜滔滔不絕地說：「我記得很清楚，那晚在臺上的歌手正低唱著 Scarborough Fair。」

在香港的時候，嫲嫲常說，人一出世，就朝那方向走，最後都是歸於塵土，誰也不會例外。有人遷走，才有人遷進來⋯⋯

「那天是九月二十日，對嗎？」我接著說。

「你怎會知的？」她詫異地問。我神秘地笑了笑，沒有答她。

然後我算準了日子，九月十八日，把那小包裹寄出。為確保她收到，還寄了掛號。

威廉先生曾把小盒子打開給我看，裏面是一把發黃的牛骨梳子，算不上精工，只是普普通通的一把梳子。

「短宣的日子過得很快，我返回老家，繼續教學工作，與她話別時互相交換了通訊地址，她把這小梳送了給我作留念。」

想不到這梳子背後有那麼一段情緣，雖然看不到威廉先生給太太的信，相信都是滿載愛意的慰問，他想到離世後她一定很傷心，於是安排了我寄信給她，讓她慢慢接受他離開的事實。安娜說不經不覺與他相守四十年了，時間過得真快！

三藩市是個多姿多采的城市，那段日子我做 Project，參加派對，在

這開放的城市，很容易結交朋友。威廉先生交給我的信亦很快寄完……最後把牛骨梳子也寄出，也就完成了他的託付。我不知道他去了哪兒？或許已進入另一段時間，存在於不為我們所知的空間！

　　誰去過香格里拉？那裏有我的摯愛真情。夢裏彷彿又見到那藍色的湖，湖水清清，柳飛依舊。

　　「你會去香格里拉嗎？」安娜忽然閃亮著眼睛說：「若你往那裏去。記得代我問候我曾遇到的一個人。」

備註：

　　三藩市是北加州與三藩市灣區的商業與文化發展中心，當地住有很多藝術家、作家和演員，在二十世紀及二十一世紀初一直是美國嬉皮文化和近代自由主義、進步主義的中心之一。這個城市同樣以其眾多的互聯網公司而聞名。三藩市也是受歡迎的旅遊目的地，與其涼爽的夏季、多霧、綿延的丘陵地形、混合的建築風格，和金門大橋、纜車、惡魔島監獄及唐人街等景點聞名。此外，三藩市也是五大主要銀行和許多大型公司的總部。

　　十九世紀這裏是美國加州淘金潮的中心地區，早期華工到美國淘金後多居住於此，稱之為「金山」，但直到在澳洲的墨爾本發現金礦後，為了與被稱作「新金山」的墨爾本區別，而改稱這個城市為「舊金山」。

綠騎士

作者簡介

綠騎士，原名陳重馨。廣東省臺山人，一九四七年在香港出生。畢業於香港大學英國及中國文學系，曾任編輯、翻譯、教師等職。後赴巴黎國立美術學院，及於羅浮學院修讀美術史。一九七七年起居於法國。從事兒童書籍插圖，後專業繪畫，愛以草木與飛鳥為題，曾於歐亞美加舉行個展或群展。著有散文、小說集、詩畫冊和兒童故事等十四本。法文作品：詩畫集三本，圖文書一本。

尋找中西文化間的和諧。近年致力於詩與畫的配合。

電視：香港電臺電視製作部，小說家族第二集「衣車」（短篇小說改編）

香港電臺電視製作部，華人作家（二）「法國的旅人」

榮叔買票記

其實，沒有理由不知道戲院是在那兒的——榮叔嘟噥著。一面大步大步地走，一面伸著脖子張張望望，像頭笨重的迷了路的公鵝。兩旁汽車捲起的塵埃中盡是五光十色的櫥窗。他不禁對自己有點兒生氣，又有點兒難為情。嘖，嘖，幾十歲人了，每天上工和放工時坐巴士都一定經過中環。現在，只是下錯了一個站！便連甚麼戲院是在哪兒也弄不清！不但榮嬸知道了會笑他，連豬仔也會笑呢。他粗糙的臉上不禁冒起一陣熱燙燙的感覺，像顆剛熟的砂炒栗子，在鍋中翻來倒去；不過焦急中又帶些興奮。幸好路上忽忙的行人也壓根兒沒有留意到這個肩膊微傻，但仍相當粗壯的中年人。

啊，好了！馬路對面那些連串的電燈泡圍著很多圖畫的地方不就是戲院了嗎？沒認錯，高高地豎起的那張大圖畫上面，那個棕色短頭髮的女人張著口「依」起牙，朝天笑著。雙手抓著拖地的長裙很「論盡」地跑著上山。後面有幾個大大小小的孩子，也是笑著。到處也見著這張招貼畫。連廠門外旁邊的牆上也見到。不論上工放工，畫上的人總是笑著。以前一直也笑不進榮叔心裏。可是，此刻隔著馬路見到了，彷彿每一個印著的笑在眨眼間便會變成豬仔那像個小皮球的面孔。連那幾個字也像是跳著笑著似他——「仙樂飄飄處處聞」。榮叔從來沒有想過這套電影是好或不好。總之是找到了，閃過一陣痛快，像一手便剝開了一顆栗子，他黝黑的臉上也「卜」地裂開了個笑，露出了黃黃的牙。

六時許了，放工的人潮仍未散盡。戲院這兒特別擠。大堂裏有幾個售票處，都像沒牙齒的嘴巴，打呵欠時張開了口再合不攏似的。每個嘴巴前都排著人龍。榮叔從發黃的白恤衫袋掏出破舊的銀包夾子，翻啊翻啊地拿出了一張十元紙幣。乾癟的唇角又傻嗡嗡地泛出笑來——離出糧還有十多

天，但總也出得起！

「後座：三圓半」牌子上寫著。沒錯，是三元半，他早已多次向人打聽過，知道這套電影是加了價的。但真的看見寫著「三圓半」的時候，便很肉刺起來了。

「或者，或者……」榮叔自己和自己討價還價似地思量：「豬仔不過係細路仔，其實都唔識睇乜嘢嘅。三個半一張飛，嘖，嘖，無謂。」他搖搖頭，到處張張望望，終於還是問了門口的雪糕佬前座售票處的所在，朝著那人所指的方向走過去。

又是人龍。榮叔排了到龍尾。他看見牌子上寫著「二元八角」。心中便反覆地計算著：「兩個八，三個半，其實只差七毫。」但卻夠他猶疑了。全家大細，從亞婆到細珠，一起造一天膠花也不過賺到二三元。可是，兩張戲票便要七元！若是廣東大戲倒也罷，但只是一些影畫戲！嘖，嘖，榮叔不禁又搖了搖頭。自己平日最大的享受只是抽口煙。以前每早也和工友亞順記一起去嘆番一盅兩味，近年來卻連這早茶癮也戒了。

「啲細路仔逐漸大咯，」榮嬸常說：「點樣辛苦都要慳的錢，至少都要供到一兩個讀成書。唔好個個都做老粗，窮死一世。」

榮嬸自己沒唸過甚麼書，可念念不忘要供孩子上學。只是，五個那麼多。豬仔最大也不過十二歲，最小的細珠才四歲，這挑擔子不知甚麼時候才攤得下。榮叔總不說甚麼，蹺起雙腳在碌架牀下格吸著煙，隨著裊裊渺渺的煙圈，有些糢糊卻肯定的念頭：現在有氣有力，供得一天便一天吧。他卻並不知道唸了書又會真的怎樣好。

有時，他埋怨榮嬸太斤斤計較了。往往為了雞皮蒜毛的小事也會和同

屋主吵得像要把又黑又窄的小廚房爆炸了。叫他做男人家的不好意思。可是，看見她一個錢也不花，把造膠花的錢一分分地蓄了起來，居然每個月也騰得出三十元來做份義會。上次執了尾會；打了條差不多有一兩重的足金頸鍊；還給細珠穿了耳孔、那耳環子也是足金的。本來還夠錢買個盼望了很久的電飯煲。但是終於榮嬸還是捨不得，用條舊手帕把錢包啊包啊地收了起來。

眼前像看見她乾瘦的脖子，熱天時短衫的企領子敞開了，露出了截青黃色肉的頸，隱隱透著紫藍的筋，像棵乾萎了很久的白菜。但汗珠在那金鍊子上，驕傲地閃啊閃啊的，像閃著五個孩子的未來。就這樣一分一分地蓄起來……

「你啊，」後面有人碰碰榮叔。他一愕，啊，輪到自己了。售票的小姐有點不耐煩地用筆頭「篤、篤……」地打在坐位表上。榮叔的心也「卜卜」的跳著。紛花地閃過一個念頭：「肯花兩個八，都唔至在多花幾毫子……」

「快啲啦！」售票小姐十分不耐煩了。

榮叔吶吶地不知說了些甚麼話。搖搖頭，訕訕地，忽地走了開去。旁人只是瞪瞪他，也沒有誰理會。

榮叔站在貼在牆上的畫片前，又猶疑著：「難得帶豬仔到呢啲大戲院睇一次戲，都唔至在使多個幾銀錢，等佢都可以在書友面前講吓……」他看著那些畫片，有笑的、有哭的、有打架、有跳舞的……平日連自己怎樣哭怎樣笑也沒有閒心留意到，更何況別人！很久沒有看電影了。從前還看看黃飛鴻；有時也看看古裝粵語片，但那些片子愈來愈不像樣子，古時的女人像是愈來愈放蕩似的，帶孩子去看不大好，所以便少看了。西片更不

知多久沒有看過。單說這些畫片吧，上面的番鬼佬個個的樣子都是一樣的，誰是忠的誰是奸的也分不出。所以，這套《仙樂飄飄》甚麼的，他壓根兒沒有起過念頭想要看。雖然廠中有些後生仔和一些時髦的大姐這幾天來都談個不了，他也沒放在心上。

家中裝的原子粒收音機，整天都播著甚麼「嘟——利——尾——」，連細珠也跟著人哼：「嘟，啊 D，啊菲眉 D……」

前幾晚，一家大細擠在方桌旁吃晚飯的時候，豬仔半吞半吐，像有些害羞似地說：「同學肥 B 個舅父，帶咗佢去睇《仙樂飄飄處……》」話還未說完，榮嬸便粗聲地把豬仔的下半句話喝得縮回他的口中：「人地又點同呢！人地住大洋樓添，你又唔去住大洋樓！」

剛巧長毛和蝦頭不知為甚麼吵了起來，榮嬸那一雙竹筷子「索！」地一聲便拍在長毛的手腕上。長毛一縮手，手肘一碰便碰倒了蝦頭的碗，泡飯的湯有一半潑了在細珠身上。

這時，豬仔是蹲在碌架牀下格吃飯的。蹲得倦了便跪著。大口大口扒飯。榮嬸光火地罵道：「死仔教過你多少次啦，跪住嚟食飯，想送我終丫！唔好大，教壞細。」塞在她口腔裏的飯，使她說起話來一堆堆似的：「重唔去攞枱布嚟！」她呼喝慣了，誰也不真正在乎。

豬仔用枱布抹了抹枱，又抹了抹細珠的襟頭。依舊是嘻嘻的，訥訥的神態。像他在街口那檔攤見了那輛紅色的玩具劐泥車時那樣。他從來不敢叫大人買甚麼的，只敢訕訕地說：「牛仔有輛……」榮叔也沒怎樣留意到。

晚飯後他看了一會兒報紙。收了抬，孩子們蹲在地上的膠花堆中。原子粒收音機是全家唯一的娛樂；聲浪開得很大，彷彿把擠迫的小板間房中

那很少的空隙也塞滿了。

後來，榮叔把毛巾搭了在肩上便去廚房沖涼。這時女人們已洗完了碗。廚房空了，很濕的地，很黑的牆，像一個荒涼的山洞，連土地爺都離開了似的。只有豬仔正蹲在地上替細珠洗腳。他正背向著門口。天氣有點涼了，他仍穿著黃舊的背心，藍斜布短褲。足上拖著的那對膠拖鞋，磨得上面那層白膠也沒有了，露出下面棕色的那層。他黝黑粗短的小手，笨拙地抓著妹妹瘦小蒼白的腳，像一隻小黑鳥護著一隻小白鳥，煞有介事地在妹妹的腳板上塗著肥皂，自己的足跟卻髒得像黏著一片片黑泥似的。細珠用她的小手指輕輕地拔著哥哥那剪得短短的、硬硬的像個刷子似的頭髮，口中咿咿唔唔地含糊地不知唱著甚麼歌。

昏暗的廚房裏，只有天花板上歪歪斜斜地吊著一個被燻得油黑的小燈泡，發著微弱的黃光，像隻渴睡的獨眼睛。灶頭上正燒著一壺水，火水爐藍藍橙橙的燄舌在黑暗的角裏吞吞吐吐。破窗框外傳來後巷的搓麻雀牌聲和吆喝聲。而豬仔默默地蹲在地上，下巴抵著膝蓋！一心一意地替妹妹洗腳。

在一煞那間，一陣軟軟暖暖的感覺湧上榮叔心頭，又隱隱地帶點刺痛。忽然，榮叔像第一次看到自己的孩子似地，想道：「呢次生日就足十二歲咯。」豬仔，大頭豬仔，人家都這樣叫他。瘦小的身軀，粗短的四肢只有頭特別大，腮兒漲鼓鼓的，人家說像個皮球；黃黑粗糙的皮膚，實在只像一個舊了的破皮球。他蹲在地上，用那條已辨不出顏色的破毛巾淋水在細珠的腳上，那麼貼順地一下一下淋著。這個孩子從不敢怎樣任性過，頑皮過，像有些甚麼，一直壓著他甘心地蹲在廚房中蹲了十二年似的。那瘦小

的背，卻帶著一點他母親的固執。但老成得那麼早，老成得叫人想哭。

驀地，榮叔很想衝上去，想抓著豬仔，把他高高地舉到半空中，像他很小時和他玩的時候。可是，孩子已快足十二歲了。榮叔站在廚房門口，只有笨笨地扭著扯著手中的毛巾。他渴望能夠給孩子一些甚麼很奢侈很浪費的東西，讓他能夠無謂一下，任性一下，像小王子似地驕傲一會兒。

他不知道，其實孩子並不是最喜歡看電影的。若讓豬仔選擇，他會寧願要輛剷泥車。榮叔只知道：「人地都成日講住呢齣戲，或者真係好架勢嘅掛！一係唔駛錢，一駛就索性闊佬啲，等個細路驚奇下！」榮叔瞪著這些畫片，這些「番鬼佬戲」他其實是沒有興趣看的。但終於是握了握拳——「三個半就三個半啦，」他一轉身便大步踏去戲院大堂那邊；走得那麼吃力，像忽然下了決心去自首一般。

跟著人龍。聽說這套片子的放影時間和別的片子有些不同……他正思量著，輪到他了，忽終站在劃得一紅斑斑的座位表前，瞧得人一陣眼花。他不知怎地一陣慌張，結結巴巴地說：「後日，七點半嘅兩張。」售票小姐沒好氣地說：「改咗時間，只有六點、九點。」

「噢，噢，係，」他忙不迭地點頭，像道歉似地解釋說：「個細路仔番晏畫，六點幾先放學。九點又要佢夜瞓……」

售票小姐不耐煩地又有點訝異地望了望他。他有點難為情，連忙說：「好，好，九點個場。」但禁不住有點委屈似的。

一時慌忙起來不知該揀甚麼位子，又無端地冒汗上來。陪著笑臉囁嚅著說：「兩張——唔該你幫我揀個好啲嘅位。」

售票小姐白了他一眼，隨便劃了兩個座位。榮叔接過了票子，抓過找

續的那把大銀，一面埋頭埋腦地打量著那兩張印得很精美的戲票一面行開來。不知怎的，手心仍冒著汗，很熱，但帶著種驕傲。

轉身走去車站那邊。他本來很不喜歡這些所謂「高尚」的地方，每個人都像加了太多漿粉的衣服，被熨斗熨得平平滑滑硬繃繃。不過，一想到豬仔，榮叔嘴上便笑咪咪了。只是，仍壓不下有點肉痛──為甚麼規定了每人一票？細珠本可以抱在膝上，就算長毛也很瘦，兩個孩子坐一個位子也隨便可以。那時去看公餘場。那一次不是三張票便一家七口都去看！……

哈，一轉過街角便是車站了。榮叔想；後天帶豬仔來時，一點也不用找路，就那麼毫不猶疑地走過來，像一向也很熟路似的。栗子臉上裂起一道笑，帶著點本來不屬於五十歲的狡黠和頑皮。就像後生時帶榮嬸去看新馬仔和芳豔芬的時候。

初刊於《中國學生周報》第八六三期，一九六九年一月三十一日

棉衣

鴨腎湯的香氣暖洋洋地溢滿了小廚房，窗玻璃上蒙著一層水蒸氣。小桌上擺著兩份碗筷。勝嫂已餓得腸子打轉，廣仔仍未回來。她走到窗前用乾瘦的手指在水氣上開個小洞，望出去，灑著毛雪的灰冷街上，行人都翻起衣領。

又嚐了口湯，唔，真甘濃。亞勝從工作的中國餐館那兒拿回來了一包廚房不用的鴨腎，用南北杏和菜乾煲了整個早上，很補潤的。

突然電話響起來，她連忙跑去接聽。是廣仔。「媽媽，球隊勝了，大伙兒去慶功……今晚一放學便回來，真的，不會遲……」「記得早些回來飲湯。」無奈地放下了電話。像走很穩穩的，忽踩了進個窪裏，空了半步，但又生不起氣來。廣仔也算乖的了，但就是人緣好，跟那群外國同學很死黨，趁起熱鬧來就沒個分寸。

她熄了湯火，預備好了的波菜肉片也懶得炒，放回雪櫃去。挑起塊腐乳便送了兩大碗飯。窗外，雪點在灰黃的天空，像塊舊花布。其實，十五歲多的孩子了，不回來午飯本也沒甚要緊。就只怕他在飯堂裏，這樣的大冷天，也生瓜生菜地照樣吃。有次廣仔還說會吃冷飯的，拌些蕃茄青椒碎、加點醋鹽油，叫做米沙律。單是聽著也叫人哆嗦，就是餵貓的飯也該熱一熱啊，唉，真前世！她來了法國十多年，好些事仍沒法習慣，廣仔卻說挺好吃。這個孩子，不知冷不知熱的。過兩個星期學校便放春假，他已報了名跟同學們一起上山學滑雪，還是第一遭呢，他興奮得很，天天談著。勝嫂也高興得像自己也會一起去似地，但又怕他會冷著了。好在，早已打算替他縫件真絲棉衣。

自己一個人吃飯，很快便吃完了。約了堅嬸下午去十八區白教堂附近

逛店子的，仍早著呢。堅嫦剛添了個男孫，第一次做亞婆，還有好些東西要買。那兒很多衣物店，常檢到便宜貨，勝嫂想去看看可買些甚麼給廣仔上山時用。

這個孩子，長得多快，衣服季季短了一大截。她拿起軟尺推門進他窄小的房間。唉，裏面亂得像個狗窩。以前她常常收拾的，但近年來（從甚麼時候起的？她已記不清了。），廣仔苦著臉說：「媽，你別碰我的東西，好不好？你收拾過後，我甚麼東西都找不到。」試過了好幾次，她終於答應了不再碰他的房間，任由他間中自己大清除一次。她拾起了地板上一隻襪子量了量長度。

瞥見那件暗藍的舊棉衣，壓了在一疊唱片下。她把它抱了起來。入冬以來，廣仔只穿過一次。一天到晚，寧願拖著條霉菜似的燈蕊絨褲和磨得發灰、笨重的毛裏絨夾克，就像這兒一般中學生那樣，好眉好貌的孩子，都歪成了半副流氓相。問他為甚麼不再穿棉襖，他聳了聳肩說：「同學們都不穿，有些異相。」

「哪裏！你以為媽媽真的那麼鄉里？你以為我不知這兒近來最流行中國裝？我見到時裝店櫥窗裏擺著些半鹹淡的所謂中國裝，也幾百件錢一件呢，這些貨真價實的，你倒怕被人笑……」勝嫂說得有些動氣。廣仔反而微笑起來，他仍帶著孩子痕跡的臉孔露著成人的安穩，拍拍母親的手背，和氣地像解釋一些明知她不會懂的東西：「是不同的。」看見母親尖長的黃臉掙得發紅，更把微沙嗄的聲音柔下來說：「也不是不喜歡，只是棉襖不實用，這兒一天到晚冷濕濕的，穿著到街上跑兩轉都濕透了，又不擋風，又不耐磨……」

「胡說！」勝嫂忍不著要教訓這個傻孩子：「身上沒點兒棉氣，穿多少件毛衣絨衣都不夠暖的……」「是啦是啦，」廣仔笑嘻嘻起來，小太陽的臉龐叫人看著便沒法生氣：「棉襖是最好的了，我喜歡得很，但這件又短又窄，紐子都扣不上，怎樣穿？這兒又買不到，你不必費心替我找了，總之我很夠暖。」

是的，這件舊棉衣確實又太細了，況且胸前已油污得發黑亮，難怪他不肯穿的。她抱在懷中，記著有太陽時掠出去曬曬。關上了廣仔的房門。一個微笑泛在她乾瘦的臉上：他定沒猜到，堅嬸的堂妹快會從香港回來了，她託她帶回來八兩絲棉、三碼真絲壽字團圓花棉襖面與棉紙，這兒都買不到的。

過了幾天，堅嬸耀著金牙，擺著肥胖的身軀，捧著大包小包東西過來串門。新鮮的陳意齋紮蹄啊，還有南棗合桃糕……勝嫂忙倒了杯熱普洱。堅嬸吧啦吧啦地報導著：地下鐵真省時，變得認不到路啦，你們沙田的雲吞麵檔成了大廈……像是她自己剛從香港回來那樣。

勝嫂一面聽著，一面著急地拆開另外那包東西。啊，象牙白的絲棉輕軟得像雲朵、整潔的棉紙，還有那幅端莊的深藍色真絲，著手微涼、纖薄又細密。廣仔穿起來會多福氣！她一面心中計算著怎樣裁剪，一面又思量著沒幾天時間了。

堅嬸在一旁地羨慕地說：「這年頭，真難得自己會縫棉衣。你造的時候喚我一聲來學學，想替我孫兒也造件。」

勝嫂忽想到了甚麼，說：「不如我來你那邊縫。廣仔有時會早些放學，

別被他撞到了，我想叫他驚奇一下。」

堅嫂連聲答應了，金牙閃得人眼花。

亞堅家就在不遠處，大家是同鄉，但比亞勝家闊氣得多了。亞勝捱了十多年，只是個二廚，家中每個錢都算著用，勝嫂有時也替人做家務看小孩貼補家用。亞堅起初合股跟人開了間小餐館，後來發展成為完全屬於自己的了。孩子們一過了強迫教育的階段便都立刻回到餐館中幫忙，不用僱人，也不必花工錢，像這兒不少小規模的中國餐館與雜貨店那樣。看著他們買樓買車買珠寶，勝嫂有時忍不著羨慕，但同時又隱約地說不出有些兒驕傲。她和亞勝都沒有認識幾多個字，但就想望孩子讀書明理，朦朧地覺得這樣才會有出息。況且他又長得這麼高大好看——不明白為甚麼毫不像矮瘦的爸媽——就不能想像他一輩子屈在廚房中……

在掃得發亮的木板地上，把大幅的藍絲鋪展開來，像一塊大海囉！勝嫂常自己縫衣服的，但到底很久沒有縫過棉衣了。面對著這幅多麼難得、千里迢迢地託人買回來的絲，手竟微顫起來。絲是最難裁的、軟滑滑、輕飄飄，拈不牢會從指中溜掉、扯緊一些又怕扯歪了。一面又思量著：不如造長一兩吋，明年也會合穿……

堅嫂在一旁問長問短，本不能分心，還要向她解釋：鋪絲棉時要這樣才會均勻，棉紙要不多也不少，「反面裏」的時候最要小心，這樣捲著捲著，……

第三個下午，棉衣成形狀了，像一頭溫馴的大獸，伏在木板地上。勝嫂蹲得腰骨發痛，嘟嚕著：「又不是很大年紀，這麼不濟事。」然後取了

一根很幼、但有中指那麼長的針，穿起纖纖絲線，開始「行」棉襖。拈在她冒突著青筋的手指中的長針，條閃條閃著細怯的銀光，像一根很害羞，縮得極小的神仙棒。

「是外婆教亞媽，亞媽教我的，」她喃喃地告訴著堅嬸，那是些太遠在背後的事了。此刻，她像拜跪般面對著這沉實高貴、寬厚詳和的深藍色：「這是要很有耐心，亦最考功夫的步驟，把鋪好的絲棉層與面及裏相連起來，得整齊均勻，不疏不密，更要盡量不露針步……」

堅嬸要幫她，但胖大的一團要蹲下來都不易；勝嫂更連忙推卻，她寧願自己一手造。蹲久了，有些頭昏，塗了點兒白花油。

堅嬸在一旁，不斷讚嘆說：「我才做不來！」

棉衣到底完工了。用暖熨斗熨平皺痕後懸起，像是大獸站起來了。微亮的深藍色上藍著稍亮一些、安整的壽字團圓花，多端莊大方。厚貼得真舒服，卻很輕軟的，裏面是層纏縷密的絲棉啊，再冷也不怕。勝嫂像打了場勝仗、終於舒了口氣、疲憊地在大沙發上坐下來。滿廳都是深藍的絲碎與紗飄紛飛的絲棉絮，像屋裏下了一場雪，夾著奇怪，藍色的落葉。有些沾在她開始灰白的髮上。她說不出的滿足，忽像看到，是多少年前嘍，寒風刮過鄉間、又冒著喜氣的新春時節，父叔兄弟、難得地穿上件新棉襖時——又差不多總是這樣的深藍色、夾著些棕色、灰色的——刺冷中真暖瑞，像不用字的對聯，說著：天增歲月人增壽，春滿乾坤福滿門啊……

道別時跟堅嬸說：「過兩天廣仔上了山，我來替你孫兒造件，看，用剩了一些絲——」

這天廣仔比平日早了很多放學回來，嘰哩呱啦地唱著些聽不懂的歌。亞勝下午休息，仍未出門返晚班。難得一家三口在一起。

「明天上山去啦！」他才拋下了書包便要去收拾行李，皮箱也不要，只帶個大背囊。

膠嫂笑咪咪地走到他打開著的房門邊，說：「看。」是那天去買的兩對厚羊毛襪和一件長袖羊毛內衣。「啊，真合用！」廣仔笑嘻嘻地收了進背囊裏，又去取別的東西。

「還有。」她神秘地說，又有點兒緊張。廣仔回過身來，看她捧著那一大包東西，笑說：「是風衣嗎？其實也不必啦，我的夾克已很夠，滑雪的衣物山上有出租的。」

「不，你看看。」她笑得臉上幾條深皺紋像打著結。

廣仔打開來，臉上露出一陣制止不了的愕然，含糊地不知說著些甚麼。她皺紋的結更笑成個八陣圖了，說道：「你試試。」廣仔無可奈地放下了手中正收拾著的圍巾與口琴，穿起棉衣。噢，實在又太大了一些，廣仔整個人像個汽球般忽然漲了起來。不過，勝嫂仍覺得很好看，一副好人家子弟的福氣相，她驕傲得說不出話來。

他在鏡中一照，哈哈哈地笑彎了腰；「像呆佬拜壽，定會笑壞他們……」忽然他在鏡中見到母親慌呆的面孔，驀地停了下來，轉身向她說：「我開玩笑吧了，造得真好，只是袖太長了。」

勝嫂結巴著說：「那才不要緊，這樣翻一點兒起來。」

廣仔戲劇化地抱著母親，啜啜地就在她面上吻了兩下，說：「我的好

媽媽，真謝謝你，我喜歡得不得了。」勝嫂啐著推開他。這個孩子又乖又懂事，就是染了這些洋規矩，有時大庭廣眾的也這麼發起神經來，難看死了。

他把棉襖脫了下來，說：「不過，我不想在旅途中穿，擠來擠去的，怕會擦破。」

「好的好的。」她把棉襖小心摺好，好容易才塞得進背囊裏去，實在心痛，便囑咐他：「一到步便取出來掛好。」

收拾好的背囊，漲鼓鼓地站在他房中一角。

他第二天一早便出門，也不要人送。勝嫂半夜便起來煲了煲及第粥讓他暖了肚子。他會坐地下車去到集合的火車站。叮囑著他千萬別吃生冷東西，看他背起巨大的背囊，想著裏面有這樣厚的棉衣，怎也會夠暖的了。

亞勝也返工後，屋裏靜得像所庵堂。可以收拾的也收拾好了。忍不著又進廣仔的房中瞧瞧，天，簡直像個亂葬崗。不如還是收拾一下衣物，頂多是不碰他的書桌。

拾起了幾雙襪子。咦，在斜窗下角的舊物箱邊，地上有一張微發黃的照片，她檢起來看看，不禁自己笑了，照片上那團小東西穿著件胖棉襖，腫得像隻裹蒸粽，挽著個小書包。是他初入學那年冬天拍的。還記得他哭著不肯上學，因為聽不懂別人說甚麼，就像昨天的事。現在不但說得像當地人一樣流利，功課又門門都高分，真難為他，完全沒有人幫忙的，而且家中甚麼書信文件都由他負責。

這些舊照片一向都是好好地收在舊物箱中的，很少打開來，怎麼竟有

一張拋了在地上。她珍惜地要把它放回原來位置。搬開了箱上一些雜物，打開了箱蓋。翻找著，該是放回哪一包照片中？咦，底下壓著些甚麼，深藍微亮的，她撿開了幾包舊照片，看清楚，端整的壽字圖圓花，觸手輕軟微涼的，那件新棉襖。

初刊於《素葉文學》第三期，一九八一年十一月

一頭小鳥

「快些，快些！」江權催著女兒：「再遲，便會被別人佔先了。」

小晴把長髮梳了又梳，更要選襯衣、配襪子；才十二歲，就像個小大人般刻意打扮。

終於出門，江權急得滿頭冒汗了。妻子去了南部辦公，今早特別安排遲一小時上班，帶女兒去音樂學院報名。跟著便要趕回公司，有一個很重要的會議，外省好幾個分區主任都來巴黎參加，很可能會間接影響到自己的升職機會。

一面大步朝公共車站走去，一面雷雷說道：「若不早到，就選不到理想的上課時間，鋼琴班最多學生……」是經驗之談，第四年了，每年編班的時候，都像要跟其他家長打一場仗。

說著說著，咦，怎的沒有回聲？小晴明明是走在自己身邊的，卻忽地不見了！回頭張望，闊長的街道仍很靜，上班上學的人都很疏落。沿路一列瘦瘦的櫻樹，已漸轉金了。

在街頭盡處，偎著牆邊，淡綠的外衣像一塊巨葉子，正是小晴。她弄甚麼把戲？

「小晴！小晴！」江權高聲喚了兩下，在清靜的街道上好響，叫他有些兒尷尬，小晴卻頭也沒抬，像是聽不到。江權只有氣急敗壞地回頭朝她走去。只見她彎低腰盯著地下，沿著牆邊慢慢移前，伸出雙手，像要捕捉甚麼。

「小晴！」他趨近低聲喝道。

她一抬頭，眉端歪扭，憂愁地說：「爸爸，一隻小鳥，跌了在地上，定是受傷了。」

　　江權被她氣得眼珠瞪定了。瞥瞥牆角，確有一團小小灰麻色的東西在蠕動，也不耐煩看清楚甚麼，扯著她便向前走。樹影在身上拖過，像隻破網，網不著他們。

　　「我要抱牠回家醫理，牠一跳一跳的，我捉不到……」小晴結結巴巴地說。

　　江權根本不聽她，急步走著。霍地，小晴又轉身溜掉，嚷著：「爸爸，你先走，我回頭便追上你。」

　　江權更氣了，反身追她。只見小鳥一蹦一跛地，拐到大廈的停車場前。門忽然升開，一輛汽車緩緩探出頭來。小晴急得半哭地嚷道：「糟了，汽車定會輾死鳥兒！」一面向車中的駕駛人揮舞著各種手勢。那位女士莫名其妙，把車窗轉低，探出頭來，帶著詢問的目光。江權迎上去，歉意地笑道：「不要緊的，一隻小鳥——」女士禮貌地笑笑，把車子開走了。

　　「天啊，天啊！」小晴踩著腳，眼看受傷的小鳥搖晃著跳進了停車場，裏面黑越越向下斜落，像通向陰間的隧道。而停車場的自動門，沉沉從頭上降下來，關上了，像故事中堡壘的機關。

　　她拉著爸爸的衣袖，哽咽著說：「怎麼辦？黑漆漆的，牠一定會被汽車輾死……」

　　江權沒好氣地扯著她朝車站走去。剛好趕上了一輛車。大廈在窗外飛走著，眨著千萬隻眼睛。

　　到達時仍早，卻擠滿很多人了。江權順利地辦妥手續和選了也算合意的上課時間。這個世界，無論想在任何一個角落佔一個好位置，總得步步為營，連十二歲的少年也不例外啊！江權一面舒了口氣，一面這樣想，又

隱隱為自己的妥善安排感到滿意。

　　然後要送小晴上公共汽車。像每星期三那樣，學校沒有課，她去鄰居亞姨那兒。

　　小晴卻忽然拉著他說：「爸爸，你跟我一起回去，你去那大廈，請看更人打開停車場——」

　　江權被她氣得鼻孔要冒煙了，這麼多重要的正事趕著要辦，她卻老是提著那頭莫名其妙的小鳥。不耐煩地說：「每天也不知有多少鳥兒跌死碰死，你救不了那許多。」愈說愈理直氣壯，看看錶，怎的公共車老是不來？街上交通也漸擠塞了，別誤了開會的時間，有點兒焦躁，聲音也不覺粗了：「你也有看電視新聞的啊，且不說鳥兒了，人也一樣，天天都有人餓死，還有地震、戰爭……你又能怎樣？」

　　小晴像是聽不到這番大道理，靜靜地說：「停車場黑昏昏，牠定會被輾死的。」眼淚便湧得臉上閃閃了。

　　江權暗中愕然，這個十二歲的孩子，聰明活潑，平日也算很有分寸，親友中沒有一個不稱她早熟，像個小大人，怎的原來仍是這樣子氣？一時心軟下來，便胡亂安慰她說：「別擔心，看更人會救起牠的，還有其他人會看到……」連自己也不相信。

　　小晴搖搖頭說：「不會的。」長長的大眼睛看著父親，黑亮亮的，像水晶球中灑著星碎的深夜，明明在說：「我知道你知道自己在說謊。」

　　幸好公共車來了，她抽搐著踏上車去。

　　江權舒了口氣，趕上了另一號公車。被小晴纏了整個早上，心中竟有點兒亂。車外的大廈搖搖地向後退，紅燈時，在街角停下，一頭灰斑野貓

竄進破牆後消失了，公共車又喘喘氣爬上斜路，灰白的路面像一條長長的繃帶，包纏著回憶的傷口。

有一個小男孩，在街上拾了一隻跛腳的小花貓回家去，被媽媽用掃帚柄趕走了。小男孩每天吃飯時暗中留下一點兒，拿去後街餵小花貓，牠總在那兒，等他。然後有一天，在後街喚著，貓兒卻沒有在破牆後出現，永也不再出現，人們告訴他，早上，清道夫掃掉了一隻被輾斃的貓兒。世界上再沒有更使他傷心的事。

那個小男孩，是自己。

已是很久以前的事了，然後，走過了很多路，像是經過一個又一個半開的洞門，黑越越的，通向忘記，是時間的機關。肩上、髮上，好些鳥兒、藍的、金的。飛了進去，一道道門緩緩降下，關上了。

然後，便長成一個強壯的人了。可以冷靜地說：「人也一樣，天天也有人餓死……」反正，你又能怎樣？

實在，只是一頭鳥兒吧了。

小晴的眼睛好黑好亮。

昏暗的停車場中，車來車往。此刻，鳥兒定已僵冷了。

初刊於《素葉文學》第二十七期，一九九一年八月

竹的賭注

偉田凌空跨坐，將粗長的竹枝紮成一個個大格；竹棚向空中聳伸，像一道可以爬到天堂的梯子。

地盤在半山高處，隨著一層層的增高，俯視下面，城市擠密的大廈愈來愈像亂插的積木玩具，維多利亞港老是一派毫不在意，自顧自輕輕浮盪。

藍天就在四周。有時雲朵緩靜地滑過，像依依不捨的離人；有時晶晴的天空被一道道白痕劃破，飛機的軌跡利刃般割裂了卑微的和諧。

偉田不時一陣錯覺，以為欣霞和小光在機上。立刻又失笑，真太傻。此刻在雪梨正是清晨，小光該是駕駛著他的新車在趕著上學。

與竹是怎麼一個緣份啊！

幼時在筲箕灣碼頭邊撿拾人家漏掉在地上的小魚，去過雜貨店當打掃、在大排檔送外賣……有一天爸爸在麻將館的廁所遇到個久未謀面的表哥，當紮棚師傅的，竟然肯收了偉田作徒弟。從此，偉田的一輩子就在半空中與竹竿連在一起。生命就是由這樣的巧合湊成。

這位表伯瘦硬挺捷，在眾多的紮棚師傅中以他最藝高人膽大，被稱作孫悟空。在半空的竹棚間爬上躍下，安全帶也不肯戴上。別人看得心驚膽跳，他神閒氣定地笑道：「我自出娘胎便會紮棚的。」竹棚像魔術樹般霍霍生長，數十層樓高都結結實實。

大廈亦像魔術樹般，在整個城中冒長。

孫悟空愛賭博，像很多地盤工友那樣，一面吃飯也一面賭；下午「三點三」的小休更是神聖不可侵犯。一杯茶一根煙吊在嘴角，撲克天狗輪著來，往往要管工來催才老大不情願地停手。偉田十分精靈，轉眼便逢賭必

精，小小年紀，很快已青出於藍了。

　　不必回憶昨日，也不用想到明天。此刻是最美好。爭先恐後地伸聳入雲的高樓，竹棚茂盛如熱帶叢林。港中船隻繁忙，天上飛機熱鬧。孫悟空攀上躍下，錢包愈來愈滿。揚著一大疊花花綠綠的鈔票，帶偉田去大吃大喝。或是在賭桌邊，來來往往都是大數目，面不改容；日子像舞龍般鑼鼓彩進，偉田五體投地，跟著表伯學藝。漸漸，長得像粗竹竿那樣堅挺，紮棚的技術也日益成熟。

　　這次，開始了一個新地盤，在尖東一處極昂貴的黃金地段，起的是整個組合的華貴酒店購物場與商用樓宇。放眼望去的日子都是開不完的工，賺不完的錢。表伯愈是意氣風發，偉田成為了最年輕能幹的搭棚師傅，也漸嚐到手頭寬裕的愉快滋味。竹棚像個只有骨幹的花果山，孫悟空與猴子猴孫快樂無憂。

　　工地上常出現一個戴眼鏡的年青工程師黃先生，看來比偉田只年長三幾歲，卻一臉持重，負責很重要的一部份工程。看見工人們賭得太厲害，他總是皺眉。

　　好幾次，黃先生跟偉田說：「你這麼年青，千萬別上了賭癮。」偉田總是含糊應過。這樣夠刺激的好玩意兒，呆頭呆腦的書呆子怎懂得欣賞？

　　但是，有點兒奇怪，表伯愈來愈心事重重。好幾次，聽到管工傳達秘書處的話，有人打電話來追查他的下落，聲勢洶洶的；問是誰，又只不清不楚地說是甚麼財務公司，工友們間都明白是「大耳窿」追債。秘書處依照規矩辦事，不會說出他的工作所在，但表伯的臉孔就青朴朴一遍。又有個矮胖的女人，不時在地盤附近磨賴，表伯一瞥到她便往後躲，原來是他

的老婆。一面愈是挨聲嘆氣的，一面他就愈賭得厲害，漸漸更常噴著酒氣。偉田也不放在心上，只要撲克或天九在手，世界上便熱辣辣地是勁。彷彿一切都會這樣下去。

忽然，那個早上。薄霧罩著維多利亞港，靜靜的，竹棚腳下一灘血，像破損的落花，孫悟空躺在中間，永遠不會再跳躍，管工清晨來到地盤時發現的，血已乾，沒有人知道為甚麼他會在深夜從竹棚高處掉下。

竹棚仍然努力伸進天空。工程隆隆趕施，要譜進這個城市奔騰的呼吸，彷彿每一秒都是飛越的金風。

偉田愈來愈使人目瞪口呆。紮棚這門古老的技術在最新進的科技世界中竟保持著岸然的地位。竹無論怎樣輪迴，仍帶著樹林與自然的魂魄餘痕：它與鋼筋水泥、玻璃幕牆相擁相伴，聳伸進天空，建造繁榮的城市。尤其是外國人，總是嘖嘖稱奇，簡直當作神話。有間外國雜誌以此做了個洋洋灑灑的專題，偉田的照片刊了在封面上。他一手摟著粗壯的竹竿，像相依為命的親弟兄。凌空俯望密密的大廈和碧藍的海港。濃眉大眼的笑容像欣欣向榮的巨竹。

錢湧進他的口袋，卻總沒空停留。輸贏都是一刻間的事情，痛快如在煙花中焚燒。

然後，一個五號風球的下午，已停工的地盤落寞滴淅。偉田比其他工友遲了一點兒出來，碰見也是遲了一點兒下班的黃先生。隨便談了幾句，知道原來是順道，黃先生提議送他一程，偉田也很樂意坐上了他的車。經過黃大仙時，黃先生隨口說：「少時我居住在這兒。」「我也是！」偉田輕嚷，實在很意外。他一向都直覺地以為黃先生是個富家子弟，看他談吐

斯文，又去過外國留學，怎料到原來也是跟自己一樣是在這貧擠的徙置區出身。愈說就愈發覺有許多大家都認識的人與事，隱隱有點兒親近起來。

「我七歲那年，爸爸醉醺醺地過馬路時被大貨車撞死的。家裏早被他輸光了，甚麼也沒有。」風雨愈來愈強勁，原來已轉掛八號風球了。小汽車吃力地向前走。黃先生緊握著駕駛盤，一面專注地看著前面，一面說：「你仍年輕，千萬不要走上這條死路。」颱風把街上商店的招牌刮耳光子似地蓬蓬碰擊。有些窗子被風撕扯落地，玻璃迸碎四濺。

這已是多年以前的事了。偉田並沒有立刻戒了賭，但是黃先生仍是常常勸喻他。當那整個組合的華貴酒店與商用樓宇完工的時候，偉田終於停止了賭博。

樓宇蓬勃增長，像火山熔岩般蔓延到節節後退的郊外。

這個城市，永遠充滿勁力。經過了風風浪浪，步履蹣跚、翻個跟頭又來闖過。像千萬人那樣，偉田從中找生活，以歲月和精力作交換，像混注在城市心身的沙粒與魂魄。

每年颱風總不會失約，無論你要走哪一條道路。

偉田最快樂的那天，是搬進了新居，兩房一廳。小光有自己的房間！偉田少時，嚐過一家六人睡一張牀的日子，太擠了，交插著頭對足，夢裏都是臭腳味。現在，小光有自己的房間！偉田覺得跟生活過招，勝了好漂亮的一仗，在欣霞心裏，自己是個堅強的丈夫；在小光眼中，自己是個英雄。假日，喝完了早茶，有時到處走走，甚至坐隧道巴士去港島，有次更

到太平山頂，指給他們看自己有份參加建築的大廈，他們眼中閃著的驕傲，比最燦爛的煙花更使人欣喜。而往往，他根本甚麼地方都不願去，因為沒有一個地方比家中更舒適的了。

一切不都是蠻不錯的嗎？

沒有跟黃先生一起工作已有好一段日子了，忽聽到他將移民去加拿大的消息。去機場送他，在一大群送機的親友間，只訥訥地說了幾句普通不過的話。心中感到很不捨，像一個至親的人要離去，這才知道原來對他的感激多深。

那時，機場仍在城中，飛機整日價在城市頂上轟隆，像有個大海在空中咆哮，湧著一潮潮離開這個生長地的人。

親友們一個跟著一個走了。然後，像好好走著的地上忽然裂了一道深縫，欣霞堅持要去雪梨哥嫂那兒，為了孩子的前途，像所有人那樣說。偉田連有多少個英文字母都弄不清楚，四十出頭的人了，他不願去過半聾半啞的日子；而且，沒有竹棚可搭，自己還能做甚麼？一座屋子，沒有深入地下的根基，怎能立得著呢？痛苦的選擇，像萬千人那樣，平凡得根本再沒有人在乎。

一年年，颱風永不失約。

或是他們回來，或是自己去，每年也會見上一兩次。每次，小光都長高了一截。甚麼時候，忽然發覺，他竟比自己高出半個頭了。

漸漸，高樓生長得愈來愈困難。挺過了不知多少風浪，這次經濟風暴下卻站不穩陣腳。以前，工作應接不暇，現在，有工開是幸運。

半山這座大廈，還是靠自己資歷深，人面闊才找到的工作。現已快完

成了，之後，還不知道下一次會在甚麼時候再有工可開。而且，漸漸覺得容易疲倦，使自己暗暗心驚。

很多走了的人又回來了。都是在找尋幸福的八陣圖中徒勞繞轉。不久前，聽一個舊工友說，黃先生離了婚，他的太太獨自回了港。心下一陣難過，從不賭博的黃先生仍是輸了。

欣霞卻完全沒有回來的意思：起初的不習慣與困難都克服了，又找到算滿意的工作，愈是喜歡那邊的生活環境和方式。最近，小光考大學入學公開試成績優異，進了第一志願的大學，買了一部汽車給他。欣霞在電話中的語氣，明明是一個已開始生根的人了。老是勸說他也去。「反正你工作的行業不景氣，你也漸上年紀了。」她的話鐵釘一般，錘在時代的棺蓋上，大半輩子的努力與依戀似乎都可就此收殮。

有時他夢到，高入雲霄的竹棚緩恍地、靜默地散倒下來，在空中化成千萬道巨刺，有如暗啞的煙花。

他怎也不肯離開，但跟家人遠隔一方的苦味也受夠了。這一注，真不知該怎樣下才不輸得精光？

他摟著粗壯的竹竿，像相依為命的老戰友。堅挺的竹裏面空洞，像自己的心。棚已築到高處，又是在高高的半山，俯視整個城市，像積木玩具，都是一個無奈的遊戲。海港若無其事，晶亮碧藍。

初刊於《香港文學》總第一九一期，二〇〇〇年十一月

盧因

作者簡介

綠盧因，原名盧昭靈，一九三五年於香港出生，祖籍廣東番禺。自一九五二年起向《華僑日報》、《香港時報》、《新生晚報》、《星島日報》、《星島晚報》、《大公報》、《文匯報》、《明報》（加西版）、《環球華報》、《人人文學》、《六十年代》、《新青年》、《文藝新潮》、《新思潮》、《好望角》、《中國學生周報》、《香港文學》、《城市文藝》及《文學世紀》等報刊發表散文、短篇小說和文學評論。

一九五八年底與崑南、王無邪和葉維廉等人合辦現代文學美術協會，先後出版純文學雜誌《新思潮》及《好望角》。一九五九開始為文學副刊《香港時報·淺水灣》撰稿，介紹和翻譯西方前衛文學。一九六一任臺灣《筆匯》月刊香港代理人。一九六六年起參與編輯《南國電影》；其間亦曾任《四海周報》編輯。一九七三年移民加拿大，一九八三年始重新發表文章。與梁麗芳等人於一九八七年與友人共同創立加拿大華裔寫作人協會，歷任會長和理事等職。

一九六六至六七年間以筆名馬婁發表《十七歲》、《藍色星期六》和《暮色蒼茫》等三本「四毫子小說」，另有文集《溫哥華寫真》和《一指禪》等。

枷

　　風吹拂著。她總是六神無主地聽命於這位老朽的妖怪一樣的夫人之指揮。總是在汽車聲響過後或者悶悶的毛雨灑過之後，她心目中的古董便鬧脾氣了：「瘋了嗎？你這風濕鬼，扶我上牀。」她無可奈何地看見這木乃伊的動作——至少我也讀過三年書，人應該把過去的經歷盡量忘記而讓他在未來生存得更有意義。她忽然想起這一個悲劇是怎樣發生的。一隻燕子打窗前掠過，再轉眼迴看自己和牀上那具木乃伊的時候她不禁生起氣——都是他不好。那不是他唯一留下來的照片嗎？那臉上的笑也是土頭土腦的。難道結婚就是這麼一回事？——她覺得那輛花轎是最可憎的。春天裏穿起那套鬼衣一樣的花袍子，還給帶上一頂花冠視線直給那垂下來的珠子擋住了，只有上面一尺見方的天窗子透空氣進來。下了轎後她被人扶進一間石屋子裏。鞭炮和人聲在混濁的空氣中延續延長。春天。日落了，那一晚她看見特多陌生的臉孔。有些是麻色的灰色的，黃色的紅色的——都是面具。難道這就是結婚麼？「我才十七歲。」他的笑又裂開了，在這麻木的空間一切顯得很闇黑的。那些臉孔都走去了後她才明白一些可怕的責任重重的把她壓著而且壓下去。直至有一天那朵雲在另一塊地方出現的時候她已經懂得那些像小鳥會飛的機械是鄉下裏的人所不懂的——那些孔明燈的時代已過去了。她也開始明白這些能在地上爬——但，要進水的。她忽然發覺老木乃伊轉過身：「喂，風濕鬼，入門才三天便拖死了丈夫，你這狐狸害死了我的兒。」她立刻知道老木乃伊要開水了。忽碌忽碌。涼涼的。很可口。「這死家姑，你才風濕鬼。」她狠狠地心裏說。正想到罵她一頓時她又軟下來了。雨止了。遠處的霧很遠。那個二嫂，要是也有人同情她的恐怕她是唯一同情她的了。她的眼睛真智慧。她教懂了她很多事：比如怎樣盡妻子之道，怎樣餵孩子。「你的奶子不好。」

於是她笑了，順手推開了那扇向東的窗子，下面的行人來來往往，亦有些站立著抬起頭向天空望——我有些甚麼好看。風吹拂著。她看見好些人指著天空。是的，天虹。她抬起頭的時候她很嚮往那蓬萊一般的境界。二嫂就常常讚美我漂亮。童養。二嫂說我是童養。客族的人是這傳統的維護者。我也著實不知道誰是我的父母。「你是抬來的。」就這麼簡單的一句使她了解人生的另一面——那往往是不尋常的。「你進了城就會知道更多的事啦。」城。「就是把些馬路和房子組成的？」「又不那麼簡單。」——二嫂似乎愛永遠跟她討論那些她一直不了解的事。「你是不會明白愛和結婚的，看你啦，才十七歲哇。進城去，你就知道咧。」而實在二嫂的話一點也不假她知道了很多。也開始明白她自己保有的秘密的心事是如何的在這純潔的心田裏萌芽著。老木乃伊終於睡去了。不能的，我始終是嫁過人。忘記了二嫂了？沒有。他怎麼會結婚才三天就死去了？要是他還生存著，我想，他應該知道我希望他知道的一切。連那具棺材也不知道。我應該要真的為他流淚而偏偏沒有淚。帶了那麼多天的孝真討厭。她提起掃帚。老木乃伊醒過來了。「喂，風濕鬼，明兒去拜山。」木乃伊夢也似的說著。

　　她的所謂心事實在很簡單。那年青漢子又來了。他發現她的眼皮紅腫起來了。「我不是已經給你勇氣嗎？撥開她，她是龜婆。」燕子又飛躍了，是春天還有二嫂的印象。這時候，她已經懂得很多了。一輛巴士掠過，跟著又是第二輛。「我們可以走，到別處去，這世界是屬於我們的。」她真的忍不住哭起來了：「怎能呢？」「為甚麼不？我一向在這城裏居住，總有方法糊口。」漢子大膽地挨過摟著她。「你難道還是十七歲嗎？你難道麻木著守寡一輩子嗎？」黃昏漸漸走掉了。空間的顏色在替換。漢子發現無數的人倆

個兒倆個兒打他們的前面掠過。對面就是船塢，這處是鯉魚門。那兒兩條船一齊進港。「你應該有自己的理想，像他們。」「我怎樣撇掉那風濕鬼？」「毒藥。」「不。」「那也好，給她錢。」她還是六神無主的任憑這漢子的擺佈。她深深的被那猝然而來的巨手吸引著而甘願讓這巨手埋沒自己。只有這樣，她才放心考慮一切面臨的試驗。她顯得不願推開那巨手了。在無數顆眼睛和面光之中她有一再試圖跳出那枷鎖而讓自己活在這情感的網膜裏。「不能。」她堅決地說：「我很懦弱。」她趕忙穿回衣裳，顧不了凌亂的頭髮便衝出了這忽然變為可憎的大門。裏面的漢子赤裸著，滿臉紅根感到無限的羞慚。漸漸的他意識到全宇宙在向他壓過來了。他鎮定地挺起胸膛，站起來，嘟嘟著穿回褲子。門外一個穿黑白衫的傢伙哈哈笑著替這裏面的漢子關上門——他只不過隨意用手睜一撞，這下響聲把漢子驚醒了。他立刻手執著一張木椅子然後又立刻放下。空間的顏色改變得太快了。她記起二嫂的話再一次肯定自己人生的部份問題已然很了解了。這五年裏的空間時間對她已不是經驗而是概念——她不能撇下這老木乃伊彷彿是她的教條和她的倫理。她還要工作去養活她直至她死去。車輛走著，行人走著。空間倒退，時間倒退。「風濕鬼，偷漢去了？買元寶買了一晚。」她剛要敲門但老木乃伊的口裏一連串糞一樣的說話向她拋過來。她才記起明兒要去掃丈夫的墓遂狠狠地盯了大門一眼。「呀呀，偷漢的鬼，難為三哥在地裏叫苦呀。」「你才嘛。」她好像受了傷，漢子又在腦際出現。「不能！」她自言自語著。直至她動身向樓下跑的時候她下意識地直向街上奔去。

橋

　　當他三番四次的考慮過了之後他肯定了只有這樣才能省去很多意料中的麻煩，雖然他也曾問過自己是否這代價太大一點了。他略微抬起頭：天空是白茫茫的一片。那邊山頭的雲霧趕集似的擠滿了一系列。風可能是強勁的，因為在郊外。他彷彿明白這些把草兒也征服了的勁風竟也伸出手來跟他說再見。最熱鬧的是風的聲音。這樣擦過掠過的時候他真希望成為這風之國的子民，在一個抽象的只能憑感覺來辨別的世界裏生活得更有意義。他無限懊悔地低下頭。他的雙腳排列得很整齊，鞋尖擦得亮亮的。無數的螞蟻老在鞋的旁邊兜圈子。看著看著，苦苦地抽出一絲笑。要是能像牠們一樣他的生命將會變得怎樣的有意義。他應該說一些屬於螞蟻的話跟牠們打交道——我數著：一二三，三二一，把一塊餅屑帶回屋子裏，因為冬天近了。他出奇的感到自己的腳步蠕動了。這一剎那間，他殺死了很多並不與他為敵的螞蟻。他立即蹲下去。他發覺這來自良知的責罵是多麼的有力量。他想到一些火焰的鞭笞將永恆地把他侵蝕了。他真願意聽見一些呼叫聲藉以把他神經鬆弛一下。但他失望了，無力地用右手執起一些泥頭石子拋向那橫互綿延的大海，勁風真的向他招手了。它把他的帽子吹掉了，降落的位置剛巧就在背後。他轉過身。不，為甚麼要拾起它呢？它已經無用了。畢竟他又蹲下去把帽子拾起來重新戴上。鄭重地用右拳捶著頭恐怕它不牢固似的。浪波拍撞岩石的聲音應和著頭頂的聲音。他想起那些釘基督的群眾。他想起在賭臺上的銀錢。猶大，可惡的猶大。於是他感到頭一陣痛。三萬塊錢，輸光了，不是這逃避的方法還該有甚麼方法比它更妥善更周到？他似乎還記得一些哲學家那一類的言論：人生是沒有感覺的。然後他又想到，他應該寫一封信給年老的母親。他看見遠處的山頭。他失落了那顆赤子之心。我該怎樣起頭？「養我育我的

母親」，這樣寫是最好的。開始的時候我要告訴她我把「波士」——好不好這樣稱呼他？他到底還不是我的仇敵呢咧。就這樣吧，母親會知道而且很清楚他就是我的「波士」——的錢賭光了。我應該強調我天良的譴責怎樣朝夕相伴著我。「再見母親，我的決定比誰更堅強。這樣，我才可以無愧面對這廣大的宇宙。」就這樣寫。能從口袋裏找出一塊三天前的日報。忽然想起他八天來的銷聲匿跡一定會引起老板的懷疑了。找著。他希望發現尋人廣告。他要看一看母親的名字。或者連老板也信任我了，為甚麼他不刊登尋人廣告呢？風又掠過來了。他微微感到一點冷。蠕動雙腿——它們竟是多麼的無力啊！在一棵枯謝了的樹——這是一棵甚麼樹？榕樹？樺樹？我應該好好地去對一切上帝的創造加以認識，就正如我高興把自己幻作螞蟻。一個人應該是渺小的。唉唉，這八天來我竟消瘦得像這棵樹嗎？他摸摸那高聳的額骨，沒有血色的肉。我幼年時不是賽跑舉重的能手嗎？一夜之間一股無名的力量竟把我摧殘到這地步。直到現在，他才發現兩條帆船在前面經過。它們距離得那麼遠。雖然這樣，他還是努力去逃避帆船上陌生的譴責的眼光。全世界的人都起來責備我了，連最好的朋友也責備我了。他們不曾好好地去考慮是否他們出老千來騙錢了。是的。我一直很留心那滿腔油調的漢子，就是他把老板的錢都騙去了。我飲過迷藥吧？那天那杯酒——那女士笑著送上來。她好像這麼說了一句：「祝你好運。」她對碰著別人的酒杯，最後才是我的。迷藥？女人的酒總是放過迷藥的。我真不該把母親忘掉了。她在越南住過，我應該留心她口裏關於降頭的勸告。陳也講過一些類似的經驗。為甚麼他不警告我：陌生女人的酒是被放進了迷藥的。傳說中的盤絲洞之類的故事我竟親歷其境了。張也不是朋友。他應該以同事的感情來責備我——帆船走遠了，

這苦難的軌跡也走遠了。老天，你仍然這樣無情冷酷嗎？我將要化身成為空間的分子，在一個廣漠的土堆裏重新一次喚醒那些像我一樣的靈魂。沙嘞沙嘞。沙嘞沙嘞。一些擦地而過的聲音由遠而近。——你們來討我的血嗎？你們來解剖我的心嗎？他雙手抱著頭。當它抬起的時候，他接觸了很多不同的眼光：男的女的。可怕的眼球。他驀地站起來，垂下雙手，望著遠處的地平線。前面的人都投以奇異的眼光。三個，四個，六個。這麼冷你們還來這兒？他摸摸口袋。他們都帶著竹竿。他想抽一根煙，可是他連一口都沒有。遠處一聲笑浪翻騰過來——是了，這時代是屬於他們的。也寫一封給太太吧。第一句應該這麼開始：「我把母親交給你了，還有我的兒子。」她會摸不著頭腦。再見。太太的笑是最美的。那唯一了解我的人她是明白我八天來的心情的。他於是立刻決定了這迅捷的行動。死，真的無需感覺。在某些人看來我是愚蠢的，然而有一些的人也終會死去，早點死和遲點死有甚麼分別呢？人一生中最有意義的就是在果敢的決定中立刻行動。後世的人雖則會譴責我畏罪而死，我可以接受。但我認識我勇敢的一面。在他想著的時候他已把那準備好了的繩子拴上了一塊石頭，然後綁在小腹上。他相信這樣會使他更能下沉。當他再一次抬頭踏上一塊岩石的時候，他看見很多臉孔。在地的這邊和天的那邊，他更看見一條木橋。一邊站著的是母親，另一邊是他其共同生活了三年的女人。當一些水花濺起的時候，岩石前面的波浪照平常一樣無知覺地翻騰著。

初刊於《香港時報 · 淺水灣》，一九六〇年四月二十一日

捉雲小記

　　我們就這樣騎著腳踏車沿公路下山，車前都插了一面小巧精緻的楓葉旗。吹來的山風不時颳得呼呼作響，吱吱噗噗的聲音實在太熟悉了，和幼時在鄉間聽到的蟬鳴蛙叫一模一樣。無情的歲月拖著做不完的夢，悄悄地溜走了。一些細碎的生活經驗，儘管像這條山路那麼迂迴曲折，一叢叢的參天古木偶然將溫煦的太陽蓋住，過了不久，又在歡呼笑聲裏迎向太陽。

　　十三歲的丹娜，剛開始生命裏最值得珍惜的黃金般晶亮的時光。驕傲的青春從此落在另一代人身上。對我來說，青春只是陌生的代名詞，比遠離地球二百億光年以外的遙遠星宿更遙遠。十二歲的阿爾貝跟在姊姊後面，最後面駕小房車的是一位剛剛四十的中年婦人。車速慢得像蝸牛，小心翼翼，和下山的腳踏車總保持一小段距離。

　　想不到四十八歲的今天還那麼瀟灑。兩條腿踏著一上一下的節奏，要是忘記了阿保里奈的詩就缺乏詩意的刺激了。丹娜忽然拐個彎越上來，露出又長又白的大腿。再過兩年十五歲，仍然脫不掉總是詩的少女情懷。兩年前覺得她像林黛玉，來不及數算頭上三千白絲，丹娜已變了好動的小娃娃。夏季整天游泳，冬日躲在房裏講電話。有時不讓我發現她的秘密，還故意講法文。這世界，難道真像花麼？真的開到荼蘼花事了？

　　丹娜這麼拐彎雖不算危險，畢竟仍引起母親的擔心。出發前，我們在山上開過會議。太陽在頭頂。一大片廣柔的浮雲，覆蓋半壁山河。阿爾貝只能憑記憶指出那兒是史丹利公園，那兒是大學區，向那兒走才到我們的老家。這真是一次別開生面的家庭會議。我在感情上盡量靠邊，結果卻是會而不議，主席頒下了「十不准」要我們遵守，最矚目的是：不准爬頭。這點我倒不在乎，說到不准亂吵亂叫，簡直無理取鬧。怎麼行呢？吵吵叫叫又不擾人午睡。

丹娜首先發難，嚕嚕囌囌的嚷著些甚麼，我也舉手跳起來抗議。阿爾貝冷冷地看我，臉上木無表情。一直覺得他是沒主意的小傢伙，感情又脆弱，受不起突來的打擊；因此，哭的次數總比姊姊多。萬料不到阿爾貝這回也反對了，我興奮得拍手叫好。三個人吵成一堆，我們果然聯成一條陣線，反對專橫獨斷的主席。

主席雙眉緊鎖，最後，以鐵的聲音配合鐵的口氣宣佈：不准反對。丹娜垂頭喪氣，我也裝出垂頭喪氣的神情。然後，恭恭敬敬唸主禱文。就在這麼莊嚴的場合，才發現丹娜的虔誠。我們興高采烈，以歌聲代替吵鬧，一路上唱著：「天高飛鳥過，地闊野花香。教我勤工作，天父有恩光。」只有置身雲深高處的山巔，才會領悟滄海一粟的妙諦。丹娜喜歡上這裏來，只要她喜歡，從來未曾失望。但，比起黃山、嵩山這些中國名山，絕不巍峨的刺魔山，委實微不足道。

到底黃山是怎樣子的？丹娜問。不太清楚，聽說很高很高。我淡淡地回答。啊啊，你不清楚，怎能向我介紹呢？你不懂得拜倫的詩，又怎能跟我談拜倫呢？我立刻笑了起來：說得好！多麼期望你能這樣反問我。主席跑過來了，憑這臉尊嚴，真應當住進唐寧街，讓名字刻進歷史。丹娜，你問得好，我故意朝主席大聲說：你能夠這樣反擊，了不起呀！暗暗偷看主席的臉色，顯然比剛才更容光煥發。不過，我繼續說：你也忘記了，許多事情是不必親身體驗過才認識的。比如說，現在的太陽。我們的作家說紅日當頭。太陽是熱的，發光的。我們所獲得的關於太陽的知識，來自別人的研究和觀察。這就夠了，我們靠別人的經驗認識太陽，不必去摸一摸太陽了，對不對？丹娜抬起頭回答說：不一定。這妮子永遠是那麼既堅定又主觀：親身經歷遠勝由

別人提供，媽早已說過。然後，以戰勝的姿態轉過臉問：媽，對不對？

後面的房車拼命咆哮，我們只好停下。丹娜自知理虧，索性將腳踏車摔在地上。你為甚麼明知故犯？我輕輕問。我太興奮了，決定要越過牠。怎麼記不起「十不准」？我有點生氣了。你今次犯錯，下次還能夠來麼？丹娜點點頭：我可以一個人來。我說：媽會放心麼？丹娜沒回答，倒是阿爾貝怪起姊姊來了，指責她不遵守諾言。丹娜有氣無力坐下來狠狠的說：住嘴！想不到阿爾貝居然反唇相稽：還要我住嘴？你不遵守諾言。好啊，麥當奴是去不成了。今次我站在阿爾貝這邊，也認為丹娜不對，重覆一遍阿爾貝的憤怒：好啊，好啊，麥當奴是去不成了。久久不見主席跑下車，我們都大感意外，心急如焚，不約而同的抬起頭往前看，好像感覺大禍臨頭。

阿爾貝接過那大瓶可口可樂，左手拿著塑膠杯。一杯一杯的喝不夠刺激。丹娜拍手高呼，提議換一個新玩意。剛才害怕被罰的心理，早已化為烏有。啊，丹娜，只有這樣的丹娜，才是我的女兒，又出甚麼鬼主意？我好奇地問。拿著這個大瓶子，一口一口的吸。我先吸一口，然後阿爾貝，然後你。丹娜慢條斯理逐一解釋。好啊，好得很。但我仍然覺得奇怪，為甚麼主席這麼仁慈？丹娜這一關肯定是逃不了的。走著瞧吧，到了晚上，就不再那麼和風細雨了。丹娜這才省悟：母親的腦筋，永遠是那麼高深莫測，她的主意永遠層出不窮。丹娜一口氣吸了不少，阿爾貝用三條吸管一口氣吸，反對也無用，因為事先沒有說明不准用三枝吸管。輪到我的時候，已經所餘無幾了。喜歡討便宜的丹娜，一路上嘻哈大笑。

我們雙手按著煞掣，繼續慢慢下山。越過了大彎，還要走一半路程才抵達山下，選了草坪那邊坐下來歇息。石上樹上，都留下了不少墨跡。最風雅

的要算那首莎氏比亞十四行，用工整的古體字抄錄。又有人抄了這兩句英譯，旁邊加上歪歪斜斜的中文：

欲窮千里目
更上一層樓

這兩句蠻有意思，丹娜先看英文明白了，才一本正經的自言自語：只有中國的大詩人，才最像詩人。阿爾貝以他有限的知識表示不同意。多少人死了，留下不朽的工作和歷史，他們更像人。阿爾貝解釋了半天，總是說不出甚麼原因。十二歲的頭顱到底盛不了多少知識。但向來自負，尤其是知道他的姓名和愛恩斯坦僅有一字之差以後，更自負了。

讓我們也留下些字蹟好不好？十年後再來重溫舊夢，也是一種樂趣啊。丹娜首先附和。只要她認為是新玩意，從來不會反對。但當我問她要寫些甚麼，卻啞口無言，想了很久才回答：就寫下我們一家的名字吧，由爸開始，然後媽，然後我，然後阿爾貝。不好不好。我首先潑冷水，阿爾貝也另有主張。他列出的理由證明腦袋比姐姐靈活得多。這麼刻著我們的姓名太平淡啦，除非有一天我們都成了名天下皆知。倒不如寫一首詩。最好能夠抄下安徒生的童話。忽然想起前幾天買了一罐紅漆，打算在下雨之前修好木欄，再補上紅油。第二天決定帶孩子來刺魔山看雲捉雲，興奮了一晚，紅漆罐早已忘記了。

阿爾貝斷然決然的拿起紅漆罐。妻也好奇地從車裏跑出來，呆呆的望著阿爾貝。一宗轟動世界的大新聞，看來快要出現了。我們一起跟在阿爾貝後

面往前走，誰都猜不到他究竟往哪裏去。最後來到一塊大石前面停下。阿爾貝掀起衫袖，拿起油掃。焦急的丹娜老在催促。阿爾貝那股舉手投足的神態，像極了作畫時的米羅，夢一般的線條只適宜在夢裏捕捉。六十年代初震撼美國畫壇的那批抽象表現主義大師們作畫時的神采，也是這樣的吧。阿爾貝的手雖然有點笨拙，寫起來卻字字美觀得體。不錯，寫下了「我」這個字以後再不動筆了。

我們都默不作聲，只期待這宗轟動世界的大新聞馬上來臨。為甚麼不寫下去？丹娜依然毫不耐煩的催著。隔了好一回，「曾經」這兩個字才出現。夠了夠了，我已經知道你要寫甚麼啦：I have been here，是不是？話未說完，阿爾貝果然這麼寫下來了。丹娜拉著我的手叫起來：還以為他的主意比我好哩！哼，又是這些笨貨！是呀，我還以為他要寫下甚麼格言呢！I have been here。平凡得很，平凡得很。我們手拉著手回頭跑，準備提起腳踏車。

忽然，砰的一聲，紅漆罐打翻了。我和丹娜同時轉過頭。斗大的紅字映在我們眼前。每一個字都那麼熟悉，又好像很陌生。距離那麼近，又彷彿很遠：

I have been here. Written by Albert Lo, admirer and follower of Dr. Albert Einstein, Dated on March5, 1983.

阿爾貝低頭從我們身旁走過。我暗自喝采。想起自己十二歲那年，死記硬背《三字經》和《唐詩三百首》，家裏窮，生活的重擔壓得所有窮人家的孩子都沒有大志。妻不聲不響跑回車廂裏。阿爾貝拍拍雙手，揩淨一身泥塵。望望丹娜，又望望我，兩手還未插進褲袋便歉意地說：對不起，我弄翻了油罐。不打緊。我說：阿爾貝，這才像個好孩子。我一面回答，一面緊緊拉住

丹娜的手。

妻突然開車離去了，嗚嘩的輪音鬼叫似的颳起一陣風。打開窗，朝我這兒拋來一團紙球：趕快下來，我在山下等你們。我們都知道阿爾貝喜歡吃甚麼。告訴他，媽媽今天很開心。

大家一哄而散，各自騎著腳踏車飛下去。一剎那間，我們都好像在空中飛馳，電影 E.T. 裏那輛會飛的腳踏車不再是夢。那是我們的心。

這一天，我終於拾回了失落已久的童年。

初刊於《突破》第十卷第六期，一九八三年六月

基督優曇

過來的人們說：在天國，在六月

月亮的白，不是太陽的那種白；

如果他一眼就把你曬黑

傾約旦河之水也難為澡雪。

當審判日來時，當沉默的泥土開花時

你將拌著眼淚一口一口嚥下你底自己

縱然你是蟑螂，空了三的。在天國之外，六月之外。

——周夢蝶〈六月之外〉

　　還未踏入大堂已經傳來了淒婉但倍感親切，也著實牽動情緒的聖詩洪亮悲怨的歌聲。綠水青山敢問無常誰作主？輓聯首句顯然和這裏的氣氛不傷稱，下句只看到落花啼鳥四個字，最後七個字很技巧地給花圈蓋住了。教堂座位五百，後來得知聚會前半小時早已爆滿，臨時添上二百張摺椅，半小時內也坐滿，整座更見水洩不通，真是座無虛席。凌老先生不平凡的一生向來淡泊名利，不是朋友遍天下那類人，但喪禮非同凡響。我剛巧在在加添椅子的前排，遲來賓客只好兩旁站立。當教堂同工宣布聖壇階級也可以坐上去，請大家不必客氣，兩旁還站立的嘉賓，不分男女老少立即彬彬有禮魚貫趨前，一下子坐滿了，少說也坐了約一百人，讓位給最後入座的客人站立同唱同哀。「再相會再相會在主足前」，好些會眾熱淚盈眶，這異樣感受令我直覺凌老先生的安息禮拜與別不同，一定有些甚麼特別事情，催促會眾不管相識的不相識都蜂擁而至瞻仰遺容。

　　我這預感果然應驗。你有沒有讀到今天的報紙？陳安在電話裏問。還沒有。我看看牆壁上的掛鐘，才七點五十分，以為陳安一番好意像他向來習慣約飲早茶，沒料到居然沒頭沒腦的這麼詢問。那你非讀不可，掛上電話再沒下文。過了半小時電話又響，是小胡打過來，問我有沒有注意到凌老遺體額上開了七朵小白花。小得很，花莖像髮絲一樣。有。我回答說，不單我，許多人也注意到，每位客人瞻仰遺容時都駐足凝望不肯離去，安息禮拜拖延了將近一小時。奇，哪有在屍體上開花的？明明看到了，超過八百人也看到了，個個嘖嘖稱奇，不由你不相信。你知道這是甚麼花嗎？小胡問。管他甚麼花，奇花異草原本就尋常的。

　　我內心當時極其矛盾，一看就知道是佛經所指的優曇婆羅Udambara。「優曇花者，此言靈瑞，三千年一現，現則金輪王出。」可是有傳花托大如拳，或如拇指，可食而味劣。但一般相信花莖幼若游絲，開在無土無水不引人矚目之處那種才算。佛教神話甚多，三千年一現，下次再看是三千年後的事呢。我歸信基督後逐漸放棄佛宗，心境比以前平靜得多。確實親眼所見，不是神話，也不是巧合而是奇事。對照凌老過去多姿多彩的一生，他生命的經歷就是美好的見證；讓對他好奇仰慕的人，既安息了也看看上帝奇妙的作為。我沒有在電話裏提出自己的見解，但強調優曇婆羅向來是佛教神話傳說，不能說看見了就是與佛有緣。凌老的下半生再看不到佛的印記。你也可以說出一大堆基督教神話的，小胡笑起來。

　　一個早上分別接到八個電話，全是有關屍體開花，對我也是奇事。你又可曾留意過一位戴了白布帽，身穿黑袍的嘉賓，看年紀也超過一百，和凌老同年？我倒沒留意過，我回答說。下午張如水找我外出，陪他辦理申

請護照，後來光顧 A&W 喝咖啡，也說昨天看到凌老遺體額上開的花是優曇花。凌老後人有沒有取下來？據我所知沒有。報上也刊登了照片。一定是暗中偷拍的。現在的先進攝影機不必閃光設備，狗仔隊神出鬼沒，誰知道？提到優曇花，我一直聽他口若懸河講他過去所聽所聞。今次所見是第一回吧？張如水坦白承認是破天荒第一趟，因此剪下報上的圖片留念。你怎麼會留意到那個戴白帽的黑衣老人？張如水說只覺得這人神態很特別，是傳奇小說中的異人。瞻仰遺容時喃喃自語繞棺一周。呀，那老叟？你不提他繞冠一周的事，我幾乎忘了。

　　兩個月後一個月白風清的夜晚，凌老幼孫凌聿轉職白宮外圍機構找我辭行，談起黑衣老叟，拿出一張照片讓我看。老人叮囑印列一張傳給你。我拿著照片細細品味，連串塵封蒙太奇立刻浮現眼前。啊是他，沒想到也來了。凌聿插嘴道：他知道先父那麼篤信基督，沒可能改變他了，但深信他逝世的時刻一定有甚麼事情發生，所以從東岸乘搭飛機趕來。他和先父不但同齡，而且同月同日生。一百零二歲？凌聿點點頭。看不出，我看只有八十多些。他說曾是你的老師，教過你神學，也是你教會的牧師。那是很久以前的事了，我和你父親一同改宗基督你還未出世呢。他改宗佛教後也是很虔誠的。世事難料，我回答道：誰也猜不到兩人的宗教身份對調。凌聿繼續說：他吩咐弟子吟星法師發來電郵，這類艱深的中文我讀來異常吃力：「凌賢棣如晤令尊魂歸天國永壽得面無憾朽夫亦知大限將至果爾見優曇婆羅前世定一面之後必得圓寂遺書四十冊煩轉項君是所拜託」。他真圓寂了嗎？凌聿點點頭：我讀了報上的訃聞才知道的。怎麼我不曾留意，用他的別號大德禪師？是啊。凌聿看看腕錶，要馬上動身趕去機場了。我

到了華盛頓在電郵細說。那四十冊書如何處置？暫存你家，等下次你回來再算吧，晚安。

附記：二○○七年七月三日晚脫稿，五日晨零時修正，與刊登原稿略有出入。周夢蝶詩〈六月之外〉最後七行新增，二○○八年五月五日再誌。

初刊於《鑪峰文集 2008》，香港：天地圖書，二○○九年

在妳的泣聲裏我迷失了方向

　　本來不是這樣的但我無法躲避妳的飲泣聲。妳知道的我死去已經兩年了，流浪的靈魂四處漂泊，變成了真正無所依託，無家可歸的孤魂。妳每星期六下午一點準時來墓地看我，和我談子女的近況，傾訴妳虧欠我太多。唉，現在才講這些話有甚麼用？妳每一句說話我都句句入耳，聽得很清楚，可惜一切太遲了。就好像天邊那塊移動的白雲，妳猛力一躍跳上天空，以為抓著了；其實離開妳很遠，遠得無法計算。老實說我也不想看見妳。

　　我沒法從我現在的飄浮的空間，再回到妳居住的空間，再回到妳身邊。我此刻生存的形態和妳生存的世界完全不同。真能夠回復原先的軀殼，在妳眼前突然出現，妳一定不會相信那是常常埋怨責罵的我。真能夠回復原狀的話，妳對我的態度也一定不會改變。現在每週來一次對空氣說話，與空氣交談，別人看你是傻瓜，誰了解你是帶著一顆飲泣懊悔的心來看我呢？

　　我也覺得妳這樣作是讓別人看看：瞧這婦人，對死者多麼深情思念啊！那人故意朝妳蹲下的墓前走過，轉頭看看原來死者是他的丈夫。恩愛的夫妻啊，真羨慕！是的，妳喜歡別人讚賞妳重恩情，可惜一切太遲了。生前只要妳少罵我兩句，少埋怨我兩次，我大半生都會感激涕零。畢竟妳是我的妻子，儘管是名義上的。我感謝妳盡了母親的責任，撫養兩名子女長大成人。但他們明察秋毫，心底一直認為他們的母親對父親的態度錯了。

　　我從來沒有後悔怎麼會娶了妳做我的妻子。妳可能是良母，在俗世的婦道觀念中妳也算得上賢妻。可是太多事情我只能忍受卻沒法原諒，妳的神經質培養了臭脾氣。在妳的泣聲裏我迷失了方向，這是我坦白告訴妳的

真心話。天氣這麼寒冷，還是不要來吧，我已習慣了孤獨。聽也好不聽也好，在妳的泣聲裏我迷失了方向。

初刊於《鑪峰文集 2008》，香港：天地圖書，二〇〇九年

本創文學 50

花已盡——十人小說選

編　　　　　者：黎漢傑
責　任　編　輯：王芷茵
校　　　　對：曾凱婷
美　術　設　計：張智鈞
法　律　顧　問：陳煦堂 律師

出　　　　　版：初文出版社有限公司
　　　　　　　　電郵：manuscriptpublish@gmail.com

印　　　　　刷：柯式印刷有限公司
　　　　　　　　香港北角屈臣道 4-6 號海景大廈 B 座 605 室
　　　　　　　　電話:(852) 2565-7887　　傳真:(852) 2565-7838

發　　　　　行：香港聯合書刊物流有限公司
　　　　　　　　香港新界荃灣德士古道 220-248 號
　　　　　　　　荃灣工業中心 16 樓
　　　　　　　　電話:(852) 2150-2100　　傳真:(852) 2407-3062

臺 灣 總 經 銷：貿騰發賣股份有限公司
　　　　　　　　電話：886-2-82275988　　傳真：886-2-82275989
　　　　　　　　網址：www.namode.com

版　　　　　次：2021 年 10 月初版
國　際　書　號：978-988-75758-4-9
定　　　　　價：港幣 108 元　　新臺幣 330 元

Published and printed in Hong Kong